①游览杭州龙井。右二为蔡其矫（20世纪50年代初）

②在长城（20世纪50年代）

①与同赴延安的王孙静（中）、肖枫（右）在北京重逢（20世纪50年代）

②画像（1965）

①在故乡福建（1963）

②"文革"时的蔡其矫（1966）

③在永安（1975）

①在闽江边（1972）

②在福建将乐县玉华洞前（1975）

③与福建永安的知青在一起（1973）

①吟诵诗歌（1979）

②蔡其矫（前排右一）与北岛（后排右）等在一起（1979）

①航行三峡（1982）

②在摄影（20世纪80年代）

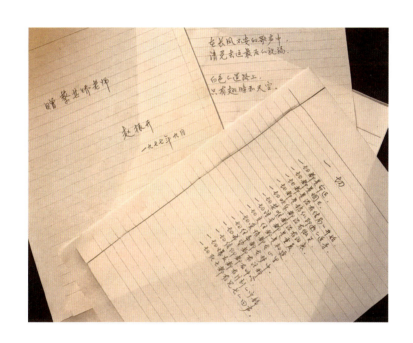

北岛赠蔡其矫的手抄诗作（1977）

①诗歌《波浪》手稿

②诗歌《为了春天永不逝》手稿

王炳根 编

蔡其矫全集

第二册

诗　歌
1961—1976

海峡出版发行集团
海峡文艺出版社

目　录

1962 年

1969 年

1970 年

1971 年

1972 年

1973 年

1974 年

1975 年

韶 山 之 歌

湘江以西无穷无尽的丘岭，
是南岳山脉涌起的波澜，
是我向往的地方。
那里有高耸云天的尖峰，
相传远古虞舜
南巡时曾设宴奏乐在那顶上。
在下面，一条溪水
于青松绿竹中间铺开河床，
十里山沟呈现鹿角形状，
那便是我所倾心的
韶山冲。

经过飞舞银丝的碧流，
经过雨后坎坷的道路，
到凉意扑面的丘陵，

在草叶的芳芬中，

在繁花满目的山谷，

我走在光荣的大地上。

苍劲的松林，萧萧的竹丛，

火焰般的杜鹃微风在摇荡，

蜡烛似的扁柏有雨珠闪亮，

池塘，水田，绿秧，

竹篱上的花，

全都像是一阵阵的霞光，

像是奔腾不息的海上白浪。

啊，茂盛的山川，

藏在心里的爱情

以及庄严圣洁的寂静，

都一时交融在一起，

如飞翔的水波向我激溅。

我是多么幸福，我终于看到

一切都是诗，

一切都无愧于

亿万人对它的敬仰和想念。

在那朴素的故居，

生活的痕迹是这样熟悉，

使我闻到泥地的芳香，

柴草的烟味，

听到牛在牛栏吃草，

碓屋在舂米，
光线不足的寝室在低语。
就在这样普通的农家，
在冬天，
诞生了一个普通的孩子。

六岁就开始劳动，
十三岁已掌握耕作一切手艺——
插秧，踹田，打稻，磨米。
踩草他最仔细，
浑身上下沾满泥，
邻人都说他种的庄稼好，
勤劳苦作他不惜力。
太阳一出就放牛去，
到现在还留下一把牛篦子。

短窗下面一张八仙桌，
是他童年攻读经书的地方，
我仿佛还听见他朗朗的书声。
但他衷心爱上了那些演义
和那些反抗者的故事，
放牛的时候出神看它，
半夜还在遮盖的灯光下
对着历史人物久久注视。
终于，二十世纪初期的风雨，

也来吹打这颗幼小的心。

一本维新派的小册子，

给他送来危难中祖国的呼声。

那时，三元里的枪声已响过半世纪，

金田村的人马也只有老人说起，

但是黄海耻辱的战斗记忆犹新，

海河边起义者的血还未冰冷。

周围的斗争又激起他的热情。

那时候，省城的饥民赶走了巡抚，

哥老会上山抵抗官兵，

荒年的乡村起来攻打富户，

时代惊醒了少年的灵魂。

听，那天边滚滚的雷鸣，

仿佛是黎明号角，

在召唤他去为祖国斗争。

不顾父亲的反对，

他自己挑上行李，

离开十五年生活的故乡，

去远方求学。

去在辛亥革命的新军中入伍。

去在长沙城漂泊。

去结交同志，

过着清苦的生活，

一天只吃一餐蚕豆饭，

晚上在山里露宿。

去在风里呐喊、雨里淋浴，

感到无上的快乐。

身上穷无一文，心中关怀整个世界。

去徒步周游各县，

广泛和人民接触……

他青年时代清瘦的容颜，

今天又出现在我面前——

那故居墙上的照片——

眉间仿佛覆盖祖国的忧愁，

眼睛反映人民的苦难。

虽然那时我还未出生，

但他已在替我寻找光明。

今天看来一切都很清楚，

但在当时却要摸索前进。

改良主义已经使人失望。

空想社会主义是过眼烟云。

同盟会的事业半途妥协，

旧民主主义已瘫痪无力。

是一味空谈和扔炸弹的

无政府主义也有害无益。

还有许多流派更是徒有虚名。

虽然他们都是晚近出现，

但距离实际却很遥远。

只有强有力的初生儿，

经由十月革命的炮火，

才送来决定命运的声音。

这时他的心已经破晓，

充满欢欣去把踪迹追寻；

到了北京，到了上海，

更加确知未来的音讯……

他怀念着善良的母亲，

又回到这美丽然而贫穷的山村。

无论他走到哪里，

故乡的友伴从不忘记。

在伟大时代的初期，

散播新信仰的种子，

组织战斗的队伍也是从故乡开始。

他曾在这时组织了"雪耻会"——

要打走列强，救国雪耻。

这时，又在他寝室的半楼上，

从这组织的核心中，

建立了共产主义小组，

吹起了历史新鲜的风。

未来的满天朝霞，

将来自小桌上那点殷红的灯光，

未来的英雄队伍，

也将从这灯下的小组扩大成长。

他再到长沙，

赤脚草鞋，粗布短褂，

领导工人叱咤风云，惊倒军阀。

在风暴中心又带来阵阵雷鸣。

他再到韶山，

组织农民协会起来作战。

革命的雷雨已经来到，

雄师战将密集如云，

韶山呀！你的孩子在风暴中前进。

革命，在时代的必然里产生。

胜利，从人民的需要中锤炼。

这是群山

高举红旗

用枪弹的啸声召唤中国前进。

他光脚穿烂鞋，

衣衫打补丁，

以野菜充饥，

砖石作枕，

与百万战士一起，

痛饮风露，沐洗霜冰，

万里关山留脚印。

这是民族

从屈辱里站起，

要从沦亡中夺回自己的生存。

他背负历史的重载，

不畏道路的崎岖，

一面思考，一面概括；

黄土窑洞，纸糊窗户，

一盏油灯直亮到天明。

当农村和城市

以全副武装

投入最后的战斗，

他唇边现微笑，

脸上照红光，

在敌人百万军中驰骋，

犹是谈笑风生，指挥若定，

瞬息间强敌化为烟尘。

他与人民一道前进，

他与革命一道长成，

他是在一颗星星里面

闪烁着所有星体的光明。

我怀着爱和感激走向韶山冲，

不单是为瞻仰，也为向领袖宣誓，

热潮又汹涌在我心中。

我看到这一切，知道这一切，

就更加思念他；

不由自主地在过去的时日中，

找出最鲜明的一段。

我看到了

那最激动人心的岁月——

千万个青年汇集到延安，

从早到晚都在歌唱，

心跳得最厉害的

是人群密集的广场上，

中间有张粗陋的小桌，

一杯白开水，

一条窄板凳，

敬爱的他站在那里，

用语言燃烧我们的心，

用手势拨开我们的眼睛，

几个钟头过去了。

应该让他休息。

但人们还是蜂拥而上，

谁也不甘落后。

我也随着人群向前挤。

他像父亲一样，把慈爱的目光

投到我的头上，

一切他都理解，

并不嫌我的幼稚，

在递上去的小本上，

写下生气勃勃的名字。

他在我们中间最高大，

但也最谦虚，最真实，最平常。

现在，我实现许久以来的梦想，

来到他的家乡，

找到了光明和信念的源头，

知道形成今日以前

有一条深远的河。

我力量倍增，

信心三倍，

在他的旗帜下

继续走未完的路。

让我向那青苍的林木

向那云雾缭绕的峰顶

向朴素的瓦屋

投以感激的目光，致敬！

1961 年 4 月至 6 月

（首发于《热风》1961 年第 5 期）

长　汀

三条水拥着一座城，

四围是重山叠岭。

虽然地处偏僻，

却是东去西来的门户；

历史谈到它，

总是起义和战争。

福建在这里发出最初的微笑，

后来在一阵枪火和硝烟中消失，

深入地下潜行。

直等到送出的孩子回来，

鲜血流淌的地方

才建起纪念碑

向我们讲述一段沉痛的过去。

南方多雨的季节，

山地是云中雨，雨中云。

雨水从四面冲下，

静静的群山浪花奔腾。

云雾低飞山谷平洋，

飞在有碉堡和炮楼的村中，

飞在古老的旗杆和石坊上空。

长着芒草的山坡，种着番薯的瘠田，

风吹的枝条，雨湿的草叶，

伴我走过高岭深坑，

来到铺着石板的小城。

城中独立的山上，

有悬挂般的树木和楼房，

在那里，我瞻仰遗物，纵览过去。

……当黑暗似乎无边，

空气使人感到窒息，

忽然出现了红军的旗帜，

像被召唤一般，

地下的岩浆一下子迸发出来，

生活开始新的律动，

要用战斗孕育纯洁的黎明。

啊，那迎风出现的梭标上的红缨，

那高举头上的闪闪的马刀，

还有那使人感到力量和骄傲的

佩在臂上的亲爱的符号，

都一时出现在四乡

——那时候叫作暴动，

有的只带斧头，柴刀，竹枪，

甚至还携有碗筷和食粮，

那裸露的棕黑色的胸膛，

那如暗夜陨星般闪亮的目光，

那山地人坚定的面容，

暴风雨中锻炼出来的英雄，

在他们手上托着

光芒四射的闽西苏维埃

像高塔耸立在大地上。

人民千年希望的种子，

到这时候开始成熟，

少有人知的山中小城，

出现一片未曾有过的繁荣。

在叫作水东大街的沿江马路，

停靠来自远方的无数船舶，

运输各种物资，

大商号如雨后春笋，

一时称为红色的上海，

成为自由土地的贸易中心，

建立起后来的人民经济的雏形。

但是，革命和反革命，

还得经过几次较量。

当红军北上抗日，

敌人对这里实行白色恐怖，

成千的爱国者被谋杀，

佃农，铁匠，乡村教师，

他们的鲜血洒遍山地，

在峭壁下，在大道边，

有的在暗夜被埋掉，有的被弃荒谷，

没有人知道他们的坟墓，

几乎是每一寸土地上，

人民的血流灌溉每一棵草木，

大地在火红的热血中燃烧。

最大的暴行又发生在公园里面。

在发着腐叶气息的浓荫中，

他们杀害了我们时代的骄子

学者，诗人，又是战士

我们敬爱的瞿秋白，

十月革命的真实报道人，

马列主义在中国的传播者，

新文化运动中一员健将。

他态度从容地步入刑场，

对着枪口唱起红军歌。

一声高呼：为中国革命牺牲，

是人生最大的光荣！

记者的摄影机拍下他的形象

留给后来的人作证。

一声枪响，林木震荡。

暴行造成不幸的诀别。

他永远只有三十六岁。

他多么像冬天开放的花，

受严寒和风雪摧残，

一片片坠在尘埃里。

他灿烂的才华，又多么像天空一颗星。

年轻的星呀！

又有一颗正直的心。

这心终于滴出鲜血，

在大地上燃烧。

统治者陷入了深渊般的恐怖。

共产党人毫无畏惧地走上万里长途，

风吹大火般发出吼叫：

"虽然你们在公园的林荫下枪杀他，

但他的歌声已战胜死亡，

他在人民的心中复活，

被他唤醒的大众，

将要冲毁你们的铁壁铜墙，

你们的盛宴已是蜉蝣的欢乐，

你们的末日就要来到。

一切天才的谋害者，

蠢东西们！

你们要把世界全化成丑恶，

不让美丽的事物生存，

可是你们办不到！

你们办不到！"

在长汀荒郊里躺着的不是尸体。

它是形成今天我们国家旗帜的一部分。

它是当年燎原的火焰

和烈士喷涌的鲜血

烧成的一片红光；

它又是当年的希望

和对未来的信念

凝结为耀眼的金星在那中间闪烁。

它提醒我们不要忘记昨天，

它呼唤我们继续斗争……

1961 年 6 月 13 日

（首发于《热风》1961 年第 5 期，后收入《福建集》等）

季托夫的歌

经由不可见的以太，
经由能感知的电波，
我听见季托夫的脉搏，
唱出这样的歌：

苏维埃母亲呀！你养育我，
又送我踏上宇宙的路，
是曾经耗费多少日夜的心血，
有着多么伟大崇高的抱负。
我，作为你的忠实儿子，
吮吸你的乳汁，
深知你的胸怀，
今天要执行你的每一吩咐。

当我离开你的怀抱上升，
看到你的湖泊河海，

如激情汹涌的热泪，
在你的双颊奔流。
我向你挥手，
勇敢地迈上加加林哥哥走过的路。

当我比哥哥走得更远，
舷窗外看到了非洲，
无边的森林在摇动，
仿佛是人民在足蹈手舞。
啊，热情的非洲
我看见你从深渊走出，
一手扭断奴隶的锁链，
一手高举自由的火炬，
挺身向帝国主义作战，
决心洗刷人类的耻辱。
让我向你深深致意，
啊，英勇的非洲！

拨开层层的云雾，
我围绕着地球飞行。
我看见伦敦的河，
巴黎的树，
华盛顿的楼屋……
我把信号送给报台：
"注意！注意！

这里是宇宙飞船东方二号，

运载着苏联人民和平的意志，

第一次在太空作长时间的飞行，

高唱人类理智的新胜利，

你们听见了吗？你们听见了吗？"

我来到南美的上空，

发电向这里的人民致敬：

加勒比海的玫瑰，

光芒四射的古巴呀！

你是拉丁美洲人民的骄傲，

也是他们斗争中的旗帜。

我看见你胜利的微笑，

也看见你手中警惕的武器。

有全世界人民的爱戴，

有社会主义阵营的支持，

无限的希望，

正溢满你那高举的酒杯。

沿着北美的东海岸飞行，

我想起了不久前这里发生的情景。

落后的竞争者呀！

不是你的科学家不行，

而是你的制度太腐朽，

居心太不仁。

你徒然地
用"自由"给你的飞行器命名，
可是它像皮球一样扔上扔下，
怎能称作"飞行"！
害得那个可怜的同行格里森，
从海底捞上来眼白唇青，
白白吃了一肚子盐水，
只换得阵阵的讥笑声！

我用手操纵，自由飞行，
通过炎热的赤道，
转向伟大的中国。
壮志凌霄的兄弟呵，
我在云中向你祝贺！
我看见你招展的红旗，
在无边翠绿的土地上行进。
还有，你刚刚打下入侵的飞贼
守护和平与宁静的福州，
虽然你在地上是很小一点，
但我也把你看得分明，
让我也向你致敬！

经过光明的新西伯利亚，
也飞越伤心的马德里。
行经上海明镜般的天空，

也跨过希腊愤怒的群山。

全世界的心随着我，

探测无限空间的秘密，

用人类胸怀发出的最高音，

告诉太阳系的一切行星，

这里是——

光辉的共产主义在歌唱，

强大的和平在飞行！

1961 年 8 月 8 日

（首发于《福建日报》1961 年 8 月 9 日）

佳　节

一年有许多节日，
个个都有它的特色，
但在心中占着最高位置的，
要算是这一个佳节。

仿佛连天气都是最理想的。
短而迅速的阵雨过后，
地面明洁如镜，
大道晶莹似拭拂过的云母，
天空发着珍珠般的光辉，
上下充溢着静谧的美，
自然界温和而明媚。
这时，寒冷挂上黄金的树梢，
秋风吹拂浓绿茂盛的田园，
那如海涛般成熟的谷穗，
是战胜一切的生活的标志，

告诉我们已到了收获的季节；

连中秋的月亮，

也以纯洁的清辉，

抒发她对这日子的相思。

人们在这一天的感受，

也将不同于任何一天：

报上的电讯，

红色的横幅标语，

所有门口和窗面的盛装，

飘扬的旗帜，悠扬的乐声，

以及夜晚挥舞在云层的探照灯，

都是阵阵欢乐的气息，

向人迎面袭来，

周围遇到的

全是亲切温暖的目光，

美妙的思想在心中回荡，

感情的波澜四处流涌。

每逢佳节倍思亲，

千头万绪首先想到党。

啊，母亲！

这心爱的节日是由你带来，

看到它就想到你。

是你拯救垂危的祖国

使她不致灭亡，

你赴汤蹈火

解救我们于深重的苦难中，

有多少夜晚，

在战场上，在办公桌前，

你不曾合眼，

任何最崇高的语言，

也不足以表彰你所做的事情，

也没有一种尺度，

能量出你所走过的路程

和你所身受的艰辛。

你凌驾于一切光荣之上，

比什么都更值得尊敬，

战斗过的人民，

心中充满感激之情，

为了你的永垂不朽的功勋，

为了你的日夜操劳，

向你衷心致敬！

节日不只是为了庆祝，

也不只是为了回顾，

它是为了

检阅力量

看清现状

向前进军！

在我们面前，

站立着年轻的英勇的年代。

这是我们，

一面扫清垃圾，

一面医治贫穷；

这是我们，

以水电站的轮机，

打破深山千年的沉默；

这是我们，

驾驶着万数的木材，

穿过冲天的白浪；

这是我们

挺起胸膛与台风搏斗；

这是我们，

用身体堵塞冲岸的洪流。

脸上流着汗水，

眼里充满希望，

这是我们

听到生活强大的根，

在地下摧毁古老的寂静，

而胜利，

则在天上鼓翼飞翔。

我们是在写一篇最伟大的史诗。

我们是在为美好的明天战斗。

歌是自己要唱出来的，

重要的不仅在如何开始，

还要看怎样继续。

怕什么十二级的台风，

怕什么百年未遇的洪水，

渺小的尘沙，

怎能遮住灿烂的太阳！

从前比今天要艰难百倍，

我们坚持了过来；

从前比今天危险百倍，

我们也并没有屈服。

从来没有一座堡垒

不是经过残酷战斗而后到手。

今天肩上的责任是很沉重，

但什么时候我们曾轻松过！

你好，十二岁的节日！

你不是一瞬即逝，

你居留在我们的心中。

让我们一起前进，

以英勇的劳动，

填平时间的沟壑

达到光明的新岸。

铁石不会腐烂，

革命不会衰老，

工作不会白费，

让我们把全部感情与力量，

都献给建设明日的斗争。

　　　　　　　1961 年国庆前夕，福州

（首发于《福建日报》1961 年 9 月 30 日）

宁　化

为秋天的彤云所衬托

照耀在群山环绕的旷野上

耸立三座塔的城啊！

你那古老的一条街，

那新修的大桥，

那日中为墟的古风，

那拥挤在街上和桥上的

穿黑衣的山民，

都唤起我对战争和英雄的回忆。

啊，雾霭中的层峦叠嶂

和远入天边的密密松林！

那把你的名字写入诗篇的人

统率向武夷山进军的队伍

究竟在哪一条藓苔小路留下足迹？

在前面和后面

好像朝霞出现在林间

有多少红旗

在绿荫中迎风招展？

一到晚上，

燃起长龙般的松火，

那浓黑的烟

如大片灰云弥漫，

又有多少颜脸在火光照耀下

像大海的波涛浪花闪闪？……

从那以后，地主受到穷人的围攻，

革命的枪口对准他们的胸膛，

你的人民武装起来了，

赤卫大队在向敌人冲锋，

用沾湿的棉被抵挡枪弹，

朝着碉堡和城池蜂拥。

革命委员会在你城中建立，

红旗插遍了大街小巷，

总工会、妇女会长长的行列

发出震天动地的呐喊。

当反动势力在作垂死挣扎，

当大刀会、保卫团、"童子兵"，

四出劫掠和烧杀，

红军又从江西转来，

冒着夏天的急雨向你疾进。
巨大的兵团重重包围了
敌人龟缩的高耸的土楼。
黑夜燃起无数松木，
把敌堡照得雪亮。
在小河旁边，在稻田下面，
数十丈长的地道已挖好，
一直达到土楼跟前，
三个棺材装满土硝，
黎明前一声巨响，
把堡墙和守敌炸上了天，
一个个民团和豪绅地主，
都成了阶下囚。
胜利的兵团组成了东方军，
红色的区域扩展数百里。

在那英勇的年代，
宁化啊！你是福建苏区的前哨，
你是中央苏区的后方，
又是后来闽赣省苏维埃的首府。
在你的土地上，
至今还留有医院和兵工厂的遗址，
以及烟熏火燎的墙上的标语，
在默默地向我们讲述
那历史的光闪

那战斗的呼吁。

你的人民献军粮，买公债，

无数的模范锦旗

悬挂在工人俱乐部

和乡村列宁室。

你以整连整营的少先队，

涌进红军去，

组成少共国际师。

把丰富的物产和坚强的孩子

贡献给革命，

那时候称你为"小乌克兰"，

并一直保持这无上荣誉。

于是到了最英勇的岁月，

也是这样的秋天，

在你的广场上，

正举行北上的誓师大会。

宁化啊！

那震撼世界的万里长征，

你就是其中一个出发地。

那时候，你自由吹拂的风在呼喊：

"向暴风雨前进吧！

在枪弹和硝烟中飞跑吧！

以英勇的战斗

以闪电和雷声向世界宣布

觉醒了的人民

不可抵抗的攻击已将来到。"

伟大进军的波涛

在万里的土地和江河上轰鸣,

英雄们热血猩红的光

使天上一颗星更加明亮,

全世界为自由而斗争的弟兄

都倾心敬仰这颗星,

为激情而颤抖的嘴唇

渴望亲吻那印在白雪上的脚印。

战斗是残酷的,

四面八方都是敌人,

宁化啊,你同出征的孩子一样,

虽然受尽折磨,

虽然到处埋伏着恐怖,

虽然阳光照射焚烧房屋的黑烟上

月亮映在受害者的血泊中——

坚持斗争的老同志全部被杀害了,

但那些茅屋,那些林丛,

产生多少英雄烈士,

沿着神圣土地的灰烬,

你的游击队依然在转战南北,

死亡的风刮不倒你,

你勇往直前去迎接胜利。

今天，我来拜访你，

一位白发的县长出来接见

他就是三十年前革命委员会的人，

他又是今天即席吟唱的山歌手。

你送出的无数儿郎，

虽然只有极少数回来，

还有成千上万却遗留在

战场，雪地，

奔腾的江河和燃烧的城市，

但是祖国的心记着他们的名字。

光荣归于你，革命的城啊！

光荣归于你的战士！

让天空保留着当时炽烈的太阳，

让人民保留着那时候的枪，

在一切斗争中

都记得那英勇的过去，

并庄严地告诉每一孩子

胜利是怎样来的。

1961 年 10 月 11 日

（首发于《热风》1961 年第 7 期，后收入《福建集》）

真正的诗

他说过：无情未必真豪杰。

他自己就是一个充满激情的人。

年轻时候

是诗歌最先叩打他的心门。

他把梅花引为知己；

他爱红瓣褪尽后的莲蓬；

他夜里听到檐角风动的铃声

在梦中也牵挂着花的命运。

他乘船冲着浩渺的烟波飞奔

也曾说过人间最苦的事是别离。

在最初的年月

他也经营着常人之情的诗，

写美好的花，象征幸福的花。

无奈那时风雨如磐暗故园，

美好没能开花，

幸福也没结果。

他决定不避开横来的飞箭，

又用诗来写一颗反抗者的心。

当祖国陷在风雨飘摇的苦难中，

他托寒星表达满腔忠诚

要在汉族祖先的面前

献出自己的鲜血

拯救受苦的人民。

这成了他一生全力以赴的誓言，

他的全部目光和心意

都放在这伟大的事业上。

南京城吹出一阵阵的杀风

使万树千花都惨淡无光；

雨花台下埋葬多少英勇的战士

他遥望天际，悲歌迎风；

他痛恨祖国大地静寂无声，

他悼念正义的战士牺牲在刑场上。

暴君用人民的鲜血浸灌原野

却滋养了更多如劲草般的忠贞之士。

他说：纵使大地一片冰寒

也是在等待春天一到

便开满复仇之花。

在全国悲愤的沉默中

他听到了地下进行着的愤怒的沉雷。

当长空弥漫着战云，

大地遍布了杀机，

在杀人的刀丛下

他仍然写出愤怒的诗。

在风涛如海的人间

他饱尝了无数的忧患

不管受着怎样的噩运

他的壮志并没有消歇。

他的诗记录了伟大的时代，

他一生也成了真正的诗。

1961 年 10 月 19 日

（收入《双虹》等）

九鲤湖瀑布①

一

云和水的居所，

天半的湖。

一面宝镜照耀在巅顶，

垂下白色的流苏

飘飞在悬崖上。

那山头，

峭壁与流霞相接，

薄雾在静寂中来往，

岚气映射绿光，

---

① 明代大旅行家徐霞客三入福建，到九鲤湖，认为它兼有"庐山三叠"和"雁荡龙湫"之壮美。这里地处戴云山东北地层断陷的峡谷中，十里流程落差 432 米，形成九级瀑布。惜地方偏僻，道路不通，又有绝壁荆棘之阻，人罕能见其全貌。

波涛在树梢飞扬。
从云中的石壁，
云上的路，
苔封的石梯，
我走向惊心动魄的绝崖边沿。

二

浪涛汹涌而来，
在石上骤然跃起，
沿着泻槽俯冲而下，
有如白鸟展翼飞翔，
于是翻波滚沫，
在石阶上升高飞远，
变化为卷云崩雪，
散入空中，
又形成万千花朵，
纷纷飘坠，
悬挂的有如布帘，
旋卷的有如回飙。
中间又有湍流数百道。
千折万迭，
把白浪卷成雪堆，
在崖边射出银箭，
数丈之外，

有如飞盐，有如升烟，

有如溅雪，有如喷珠，

余霏四激，

细雾腾腾，

上升到高空，

张起轻纱的帐幕，

水珠照日，

点点如银。

下面瀑流倾注，

雷霆万钧地向深潭冲击，

但见气浪滚滚，

水面沸腾，

从其中发出撼天巨响，

永无间隙，

群山传来闷雷般的回声。

在崖下，

峡影幽暗，

阳光变成青烟，

石上的藓苔有如铜锈，

迎面拂来阵阵凉风，

扫过密密的雾珠，

于是空中又挂起七彩的虹，

好像面前耸立灯火辉煌的宫殿，

它随着风和水的浓淡，

而忽生忽灭，时隐时现。

三

啊，九鲤湖，你的景色多么奇异，

旧时代看你是一团神秘，

说有谁在这里升天，

说仙人曾留下脚迹，

说这里的小庙

能把人们的命运在梦中显示。

一千年来，

万人的鞋底，

把你山道的石级

都磨得闪闪生辉，

只为的求你给予一宿的梦，

在那神像前昏暗的灯影里。

今天，我可要询问

雄峻的山

磅礴的水

回答吧，

难道是为了这

你才终日怒吼不息？

难道是为了把世俗的梦

迎合人们的心理，

你才从巅顶到山麓

踩成层层的台阶

挂起九条瀑布

唱出响彻云霄的歌？

你比暴风雨更加凶猛，

你是威力的歌者，

生成就是高傲的心，

难道古老的传说，

虚无的梦，

能配得上你的歌声？

当寂静的夜晚，

月光抚慰沉睡的万物，

唯独你不能入眠，

你喊叫，你叹息，

是不是哀号你被幽闭

在荒无人烟的狭窄沟壑里

怅对天空直到今日？

你的呼声从不稍息，

葆有一颗永不疲惫的心，

你究竟要求什么？

你又在等待谁？

是不是在你严峻的命运里

还缺乏最必需的东西？

四

我站在崖石上，

让遐想一直走向明天，

我听见

引擎庄严的旋律，

田野上电线的呜呜声，

公社电影院在喧哗，

清洁的灶火在厨房燃烧，

一切都唱轻快的歌——

我听见新时代的交响乐在奏鸣……

九鲤湖啊！你的瀑布

既像怒吼，又像钟声。

时候到了，

人民要向你索取财富，

人民爱的，是你无穷的力量，

是你未被周知的理想，

在一个新的胸膛里

另一种搏动要开始，

科学要到蛮荒的山野，

改变往日的苍白和沉寂，

再也不容许强大的自然，

依旧是愚昧和神祇的帮凶；

人民的手，

要把你造成为高山的玫瑰。

啊，九鲤潮，你的新生活就要开始。

是时候啦！

请你从半天的居所下来，

到我们平原的屋子里，

和我们谈天，

和我们一起歌唱，

和我们一起

去取得更大的盛名……

五

也许过几年我再拜访你，

九鲤湖，你的容貌已经变了，

瀑布已进入钢管中，

大地上一幅美景消失了，

让位给一个更新的美景，

新的和旧的，

都有同一的坚强的力量，

同一的血统的美，

只是有不同的命运，

不同的歌声。

我们也都将改变自己，

强大的更强大，

美丽的更美丽。

九鲤湖，永不疲倦的歌者，

我亲爱的同志，

我们都服从这一伟大的真理，

在新的日子里一同前进，

让心开放新的花朵，

让生命迸射新的光辉……

1961 年 12 月 8 日

（首发于《诗刊》1962 年 2 月号，后收入《福建集》等）

双　虹

这样的景色真是罕见，

两支七彩的巨柱并立在水上，

背后尚有昏黄的阵雨，

前面正当夕阳含山。

于是，绛色的榕树闪照在暗绿的高岸，

绛色的渡船走起落在晶亮的波间，

绛色的水草摇动晚潮，

绛色的鹭鸶横飞暮天……

直到远山化作朦胧的蓝烟，

直到夜的帘幕垂落江面。

1961 年

（收入《双虹》等）

水　仙　花

淡然作水神的装束，

独立于春风浩荡中，

以明月和冰雪作精神，

以黄金和白玉作形象。

温柔如同兰草，

高傲可敌寒霜；

一尺弱茎仅足自持，

犹敢与巍巍的松竹争雄。

最可贵的是它满怀信心，

岁寒时候为春天举杯歌唱——

那歌声嘹亮，

那舞袖迎风，

那酒送寒流，

那杯照晨光；

还有一缕暗香

久久留在你的心上。

1961 年

（收入《福建集》等）

玉兰花树

百尺的花木岂是寻常：
寒霜骤来不能使它凋残，
风雨交加更显得它的青苍。
它一身皎洁，
耸立天际，
绿条广布，
花蕊深藏，
具战士的风度，
散醉人的芬芳。
早晨高托明霞，
夜晚拭拂星光，
虽淅沥于春日的雨，
却狂放于秋天的风；
纵花瓣落地
高干犹自排云直上。

1961 年

（收入《福建集》等）

三伏的风

给焦灼的心送来海的清新。

给干旱的土地送来带雨的云。

及时的风啊！

以可见又不可见的脚迹，

遍及山岭、原野、森林，

让树梢从昏睡中苏醒。

在池沼和湖泊，在浩荡的江河上面，

激起绿波滚滚如鳞。

使一切生命振奋的风啊！

抚爱园中的花朵，

飘起台上的衣裙。

让雨滴斜飞，鸟雀欢舞，

深情而又活泼的风啊！

袒开胸怀的人物，

都有一颗随你奔腾的心。

1961 年

（收入《生活的歌》等）

孔 雀 冠

幽谷清泉旁，

在和畅春风中，

轻盈鲜嫩的花茎

感到花萼开放

因而一直到大地的深层

都颤动着快乐的热望。

亲爱的密友你也一样：

当你小口微张，

我感到生命热流有如太阳，

天地都充满新的光亮，

整个灵魂在高举，

向遥远无云的晴空。

1961 年

⊙ **1962 年**

郑　成　功

春天一个宁静的黎明
航行在海面的战船上
站立着郑成功与何斌①

郑成功

你听，那是什么声音？

何斌

这是战士的欢呼声。

他们在颂扬将军果断英明。

大风大浪已抛在后面，

严重的困难已被战胜。

航过了风暴和黑暗，

---

① 1662年阴历四月，郑成功的东征大军从金门料罗湾出发，第二天就遇大风浪，在澎湖停了两天，第三天晚上冒着大风暴雨开船，第四天早晨到达台湾。这里写的是到达台湾的前一刻。何斌这个人物，在促成郑成功收复台湾事业上，起着相当重要的作用，是他从台湾来到厦门，向郑成功献台湾山川要塞图，后来又成为郑成功东征台湾的向导。他可以看作是台湾爱国志士的代表。

来到了平静的黎明，

一切都那么神奇，

船队也完整无损，

连我这走惯风浪的人，

也佩服将军料事如神。

郑成功

也许你应该说，

这是天从人愿，

不来阻拦正义的进军。

何斌

我衷心感到，

这次胜利全靠将军。

想当时，大军才出发，

第二天就风狂浪猛，

在澎湖等待两日，

风暴还是不停；

冒风开船又被打回，

携带的军粮也快用尽，

全军都是忧愁满面，

万难穿心。

更有人在这严重时刻，

散布谰言动摇军心，

说什么前去的道路还很危险，

不如从此速转回程。

在人心惶乱当中，

将军做出了勇敢的决定。

那时正是黑夜如漆，

狂风怒号，暴雨倾盆；

困难上面又有危险，

平常人是难下决心。

将军不顾一切阻挠，

坚决发出开船的命令。

郑成功

这是因为我深信战士，

敢和大风大浪斗争。

我同战士曾出生入死，

对他们的力量了解最深，

无论什么困难危险，

在他们手上都化为烟尘。

何斌

事情果真是这样，

战士欢呼你的命令，

大家齐心摇橹，

在风浪中奋勇前进。

半夜过后，风渐小，雨已停，

云消散，满天星，

又吹来顺风鼓船帆，

船队乘风在飞行……

郑成功

要知道，

这是东方最强大的水军，

它在平民中组织起来，

已身经无数战阵，

现在要去收复失地，

更有无比的勇猛。

何斌

我能在这样的军中当向导，

是一生里最大的光荣。

我的心也如这黎明，

只感到活跃与清新。

郑成功

告诉我，

那里发亮的是什么？

何斌

那是将军先人的故土。

那里有无数苦难，

从前我们叫它"埋冤"，

现在将军称它台湾。

郑成功

这是中国的一片江山。

那高峰站在海湾上，

多么像一座烛台，

照亮万里绿色的海疆。

我们民族的海上开拓者，

以它为生聚养息的家园，

手里拿锄头，

身上背刀枪，

舍生忘死，

伐木垦荒，

开辟出沃野千里，

如今却落在外人手中！

失地不恢复，

正义怎伸张！

来自海岛的人呀，说吧，

有多少英雄志士，

站起来庄严反抗？

何斌

岛上苦难的人民，

满眼都是血泪，

他们从不屈服，

斗争中前仆后继：

九年前的秋天，

作过周密的准备，

鸡毛信传递信息，

约定了举事的日期。

不想机密泄露，

被逼提前起义。

有组织的队伍一齐行动，

人民到处打杀荷兰鬼；

攻破了他们的堡垒，

焚烧了他们的街市。

领头的是将军先人的部将，

他不幸在炮火下战死。

上万人的鲜血染遍这土地。

起义终于失败，

因为武器不如敌人犀利。

郑成功

狂妄的红毛鬼子，

要依仗大炮来统治，

他们是不自量力。

何斌

他们的大炮和堡垒，

将在大军的脚下踏成泥。

郑成功

前面的崖石可有名称？

何斌

我们已来到鹿耳门，

涨潮已淹没了浅沙和暗礁，

航道再也没有阻碍了。

郑成功

命你带引船队迅速前进！

何斌

得令。

1962 年 1 月 28 日

（收入《福建集》）

咏 新 春

一

冰雪的末日已经来到，
最先感到的是大地，
新芽在它怀中，
如同英勇的战士，
昂首挺胸，
从潜伏处跃起。
斗争进入新的阶段，
这一点不用怀疑：
春天在冬天孕育，
胜利从困难开始。

二

树上虽有枯枝，

但生命的液汁在上升；

河边虽有垃圾，

但清流已普遍苏醒。

最先行的是太阳，

既坚决，又深情，

沿着既定的道路，

它充满欢欣上阵，

踏冰雪为污泥，

让万花更繁盛。

1962 年 2 月

（首发于《天津晚报》1962 年 2 月）

双　星

我们是

以镰刀和锤子加冕的人,

"东方"是我们的姓名,

老三,老四,是我们的排行,

生育我们的母亲是劳动

父亲是和平。

为继承与发展两个哥哥的英雄事业

我们实现了

第一次宇宙空间的编队飞行,

用更年轻的手

去敲碎那些神秘的黑色玻璃,

让暗夜的太空

有更多的光明。

我们的道路并不是毫无阻碍,

我们记得这是什么年代,

飞扬跋扈的人类的敌人,

他们在高空的核爆炸，

散布有害人身的灰尘，

但我们镇静，勇敢，自信，

要把星际的大道打扫干净。

我们是

人类神往于光明和未来的

一瞬不眨的眼睛；

我们是

轻盈地在夏夜飞翔的

晶莹皎洁的双星。

1962 年 8 月 10 日

海　浴　场

星期日的港仔后是多么丰满而又光明，
好像巨大的月亮半浸在波浪中。
密集的，不可胜数的人群，
熙熙攘攘，万头攒动，
整个海滩如黑黝黝的森林那样摇摆。
上面，有如盛大节日一样，
飘扬着云的华丽旗帜，
悬挂着云的蔷薇花圈，
它们倒影在海面上
全像丝线刺绣那样辉煌。

人们，
就在这锦绣上面鸢飞鱼跃，
灿烂的明珠，
闪烁的露水，
整个冰凉的蓝天仿佛倾覆下来，
身体悠然直升高空，

和着高举的浪花，

在轻轻地飞翔，

忽而，柔软的雪似的

下落在碧波之中。

经过海水冲洗以后，

太阳也成了白天的月亮。

温和的海托起的那颗心，

也如夏夜的明月那样宁静。

快乐新鲜的感情，

流注入为幸福而屏息的胸膛，

红宝石似的唇间，

那微笑是比什么都更生动……

这一切都发生在前线地方——

就在肉眼看得见的海的那一面，

敌人盘踞的金门霉气沉沉，

敌人的大担岛一脸凶相。

人民的胸怀里

对生活的无限热爱，

展开这海浴场空前盛况

唱出星期日的歌：

这是对敌人的无比蔑视，

这是对强大祖国的最高赞扬。

1962 年 8 月 10 日，厦门

附：

港仔后海浴场

星期日港仔后是多么丰满而又光明，
好像巨大的月亮半浸在波浪中。
密集的，不可胜数的人群
五光十色，熙来攘往
整个海滩如开花的园林万紫千红。
上面，有如盛大节日那样
飘扬着云的华丽旗帜
悬挂着云的蔷薇花圈
它的倒影落在海面
全是丝线刺绣那样辉煌。

人们
就在这锦绣上面鸢飞鱼跃，
灿烂的明珠
晶莹的露水
整个冰凉的蓝天仿佛倾覆下来，
身体悠然直升高空，
和着高举的浪花
在轻轻地飞翔；
忽而，柔软的雪似的
下落在碧波之中。

天多静，海多温和。

经过海水冲洗以后

太阳也成了白天的月亮。

温柔的海托起的那颗心

也同夏夜明月一样的宁静。

浪洗的手臂象牙般皎洁，

水湿的发圈光华如镜。

红宝石的唇间

微笑又是那样动人。

青春的、美丽的身体

都是一朵朵欢笑的花。

1962 年 8 月 10 日

（收入《福建集》等）

为什么叫鼓浪屿

我问过鼓浪屿，

问过它的花，问过它的树，

问过园中的楼房，林荫的道路，

问过它像凤凰花树一样美丽的人物，

也问过白天的轻风，夜晚的薄雾：

"为什么你的容颜永不衰旧？

有什么秘密使你青春长留？"

它们一起回答我，

用不息的浪潮，用带露的花朵，

用温柔而又刚强的无数歌喉，

也用时时吹拂的风，日夜勤劳的手：

"因为我们在永恒的'现在'中生存

从不把生活错过，

是鼓浪前进的舰艇一艘。"

1962 年 8 月 10 日

月 光 会

温暖的阵雨刚过，

草地立刻展开一片笑容，

那从云缝漏下的月光一闪，

每颗水珠都像灯光明亮的小房。

人们又回到草地上

廊下的歌声又再飞扬，

海龙王的女儿又重新坐在

夜空中龙头山的崖石

静静地把人间的欢乐观赏，

普照地面的

又是那舒发对大地的相思

永远放射纯洁光辉的月亮。

辉耀着一个太阳的白天结束了

辉耀着千千万万的

遥远的太阳的夜又开始。

歌声啊，你也要

像宇宙一样广阔

像心一样丰富

既唱劳动的光荣

也唱休息的快乐——

唱那金合欢树下的芬芳，

唱那草地上清爽的气流，

唱对战斗的忠诚

也唱心头深藏的对自由的渴望。

要是遇到阻碍

你也要

激流变成飞驰的浪头，

霹雳跨过震慑的水上。

不再只是闪烁

而是发光

发光！

我愿意是回声，响应你的音调。

我愿意是明镜，映照你的形象。

我眼中的爱情

乃是你的美在我心上

反射出的一片光芒。

我不拒绝做一个月亮

让人沉思

给人幻梦

在艰苦跋涉的旅途上

不应当忘记玫瑰

也无妨想念花香

欢乐吗

看看这月光会上！

　　　　　　　　　1962 年 9 月，鼓浪屿

泉州绝句四首

偶在旧纸片中看到《泉州绝句四首》，当为 1962 年 9 月作，录如下：

一

朝日清光映晋江，晚霞如锦衬紫山。
中午时分何所见？雄伟双塔托蓝天。

二

龙眼成林傍瓦屋，楼房似栉临江沙。
一条大路连山水，市街藏在绿荫下。

三

榕树飘飘拂长发，海风阵阵送清流。
谁肯鞋袜裹双足，木屐歌声唱不休。

四

秀气高风依然在，俊眼明眸今更明。
且看海港重开日，太平洋上听南音。

1962 年 9 月

在决定性的时刻

一

这是深秋的天气。

枫叶与红旗齐翼双飞。

寒风吹送着古巴的歌曲。

疏朗的树枝下面

北京的街道

无数的旗帜，无数的标语牌遮天蔽日

无数的卡斯特罗肖像

在群众头上严肃地注视

长长的示威队伍

绵延几十里

四天以来

从清晨到黑夜川流不息。

民兵全副武装在行进。

工人发出雷鸣般的吼声。

多少人的眼眶溢出激动的泪。

英勇的兄弟

最年轻的社会主义国家

在凶恶的敌人面前威武不屈，

一切真正的革命战士，

发自内心的国际主义感情，

越过大洋，向加勒比海，

向英雄的人民和领袖致敬。

歌声的海洋呀，

旗帜的浪潮呀，

把这无数颗炽烈的心涌去

和古巴人民愤怒的激流汇在一起，

今天比任何一天都更加危急，

任何叛变都绝不能饶恕。

二

大使馆门前，

古巴和中国心贴着心拥抱，

手握着手凝视。

但是今天却有人

看着强盗拿起杀人的刀枪

却不许人民保有自卫的武器！

开门揖盗，

动摇退缩，

还说什么光荣

什么理智！

敌人是凶狠而且狡猾。

诽谤，欺骗，恐吓，逼降

大力制造战争危机，

这时候，难道能在自己兄弟中

分什么你弱我强？

难道因为国小就得让他

无所依持？

菲特尔发出庄严的声明

对妄自尊大者以凌厉的答复

这是历史在雷鸣！

革命不向实力政策让步。

人民信赖自卫的决心。

今天引导世界前进

是亚洲、非洲、拉丁美洲

革命的人民。

三

在卑躬屈节者的面前，

出现了钢筋铁骨的人！

哈瓦那在倾盆大雨中通宵集会，

一百万民兵走上战斗岗位，

在惊涛骇浪中一颗红星高悬，

人民守卫在甘蔗田，

在风云中举起砍刀和犁头，

把新的种子撒在沟垄中，

妇女和小孩也动员起来了，

不让一条战壕没有士兵，

主权的大旗在海上高高飘扬，

战斗的呼声震动陆地天空。

和平不仅要消灭战争，

而且要保证独立与自由不受侵凌。

这些日子

古巴人民给世界立了榜样

抱着对生活崇高的态度

敢为新人类自觉的尊严，

这是新世界观的勇敢精神。

未来胜利的信念

正如风中的火焰飞腾……

1962 年 11 月，北京

波　浪

永无止息地运动，
应是大自然有形的呼吸，
一切都因你而生动，
波浪啊！

没有你，天空和大海多么单调，
没有你，海上的道路就可怕得寂寞；
你是航海者最亲密的伙伴，
波浪啊！

你抚爱船只，照耀白帆，
飞溅的水花是你露出雪白的牙齿
微笑着，伴随船上的水手
走遍天涯海角。

今天，我以欢乐的心回忆

当你镜子般发着柔光，

让天空的彩霞舞衣飘动，

那时你的呼吸比玫瑰还要温柔迷人。

可是，为什么，当风暴来到，

你的心是多么不平静，

你掀起严峻的山峰

却比暴风还要凶猛？

是因为你厌恶灾难吗？

是因为你憎恨强权吗？

我英勇的、自由的心啊

谁敢在你上面建立他的统治？

我也不能忍受强暴的呼喝，

更不能服从邪道的压制；

我多么羡慕你的性子

波浪啊！

对水藻是细语，

对巨风是抗争，

生活正应像你这样爱憎分明

波——浪——啊！

1962 年

（首发于《上海文学》1979 年 3 月号，后收入《祈求》等）

才　溪

一

虽然红缨枪的矛头已经生锈，
血染的臂章和旗帜进了陈列馆，
溪流唱着轻快的歌，
孩子奔跑在绿树拥抱的街道，
但老人还是用颤抖的声音告诉来访者，
指出那伤心的地方。

虽然阳光照射着的光荣亭
在那苍劲的青松下面
经历时间和风雨的考验
仍在颂扬中央苏维埃第一个模范乡
引起历史的感情在心头汹涌，
但是，那伤心的地方

那十亩地上面的瓦房
那触目惊心的名字"血泪楼"
才让我更痛切地感到过去年代的艰辛
更深刻地认识信仰的力量。

二

这暴行发生在艰苦的年代。
无保护的母亲、幼弱的孩子，
被驱赶去做力不胜任的苦役，
在红军北上的岁月。
在封建势力卷土重来的岁月。

三

我诅咒——
你这时代的僵尸，
你这邪道的余孽，
你狠毒的报复多么卑劣！
你鼓起仇恨的旋风，
遮盖方升的白日。
每一个红军的家属都要倾家荡产，
每一个红军的家属都被征发，
在青苗田中
垒起杀人的高楼，

在战士的乡土
建立血淋淋的统治。

母亲的胸前抱着乳婴，
背负砖石步履颠踬，
皮鞭和怒骂在四周咆哮，
苍白的脸，滴血的手，
染红的砖块在冒烟，
没有哀号和泪滴，
只有憎恨的目光闪电似的投射。
这个对立是伟大的！
来吧，你们这些兔崽子，
你们这些披着虎皮的黑心狼，
我要用拳头迎着你们的皮鞭，
我要用胸膛对抗你们的枪刺。
我的灵魂充满火焰，
我有铁的筋肉，钢的意志，
永远不把希望抛弃，
在心的深处，像峥嵘的岩石一般
耸立着光明日子的记忆，
你们就无法再使我
心甘情愿地过不抬头的日子。

四

谁也不应该忘记

那时代悲伤的场景，

那烈日当空的旷野，

那一群群走动着的老弱妇孺，

黄尘在他们头上弥漫，

刺刀在他们背后闪光，

汗，血和泥土

涂满他们全身。

三尺厚墙的狰狞建筑物

是以仇恨和痛苦作地基

是血和泪所凝成

不管它多么坚固和巍峨

有一天必将化为灰烬

历史要作严厉的判决

在血和泪的上头

任何建筑都不牢靠

任何事物都不能永存。

五

新月流驶在暗云弥漫的上空，

山野一片死寂，

这一刻，在小路上
出现了无声的小队，
在向村庄凝视。
前进的暗号传来了，
又静悄悄没入黑暗，
到后来又是一片寂静。
当守夜狗还来不及吠叫，
忠心义胆的人已把大门打开，
游击队飞箭般射入，
惊醒的敌人要想逃窜，
天井里一阵射击，
敌人倒毙在血泊里……

血泪楼呀，血泪楼！
你看到这场迅猛的战斗，
在受苦难受迫害的地方
终于开出最鲜艳的战斗之花，
落下成熟的种子，
它将发出新的根芽，
它将长成未来的参天大树。

短促的一场战斗过后，
游击队又奔向远方。
才溪的最后一批青年，
也在行列中疾走，

踏上收割后的田垄，

穿过闪电和雷声，

历尽千辛万苦，

向烟尘，向北方，

去寻找那威震江南的

大名鼎鼎的新四军。

六

光荣的战斗的领袖来到了，

革命的波涛在生长，在轰鸣。

才溪的骨肉，才溪的儿女，

心的太阳在褴褛的躯体内发光，

就一辈子永远蔑视了危险和死亡，

同南方和北方的兄弟一同前进，

当时农村的孩子现在都变成巨人，

牧童成了将军，

雇农当了司令。

七

啊，才溪！

今天我来踏看你的田野，

走到那流血流泪的地方，

去捡拾过往时日的落叶，

搜集被遗忘的声音，

用全部深情瞧着你，

呼唤你，描摹你，

写下你的历史和你的歌。

我们都是赌了咒的封建势力的敌人，

到死都要和它作斗争！

我们不怕它一百次借尸还魂，

不怕它一千次在人类的渣滓中藏身，

绝不粗心，也绝不受哄骗

在一切缝隙中将它盯准。

为了打碎一切锁链，

这对立将至永恒！

1962 年

（收入《福建集》等）

南 音 清 唱

泉州街头所见，时在中秋夜。

你看，那飘动白须的老人
在灯光下手拿檀板
紧张起全身的每一根神经
从丹田里发出男性的声音
把悲伤的南曲
唱得多么激昂而又深沉。
他在表达怎样的心情
是对背信弃义的斥责
还是对邪恶发出彻骨的忿恨？
他是不是在告诉我们
在生活中永远感到战斗的欢乐
而从不在悲伤中沉沦不醒？
我看见他的白须闪闪如电，
我听见他的歌中藏有雷声。

1962 年

（收入《福建集》等）

夏天海上的歌城

厦门啊！今天我又来拜访你。

刚踏上你的街道，

炎热立刻消失，

清凉的感觉是从眼睛进来的。

你的楼房和树木

全映照出海波淡蓝的颜色。

温润的海风

灌满我的胸膛

好像家酿的美酒

一闻便飘然若醉。

时间既没有增添你的皱纹，

也没有使你的容颜衰老，

你是越来越年轻

越来越美丽。

厦门啊，你到底蕴藏着什么秘密？

我又再一次听到你的歌声了。

厦门，你最好的歌声是南曲。

在水银灯下

那从艺术的海洋泛起的浪花，

那又朴素，又美好，

尚未被人周知的歌者，

怀抱着琵琶，

用轻灵的手指叙述一个故事。

虽然她唱的是秋天的塞外，

是雁声，

是马蹄下被践踏的一朵可怜的雏菊，

但我看见的是亚热带热情的颜脸，

是海风在吹动额前的刘海，

是海水在眸子中闪照；

我听见的是小鸟在凤凰花间低唱，

是波浪在岸边打着拍子，

是对这土地的眷恋，

是向家乡倾诉的深情的歌。

厦门，你曾经是什么？

你现在又是什么？

航渡重洋的出发地

远行游子思念的海港

为你流过的泪

已经和海水融合在一起了吗？

今天，在历史运动中

你成为新的标志了吗？

又一个夜里，又一个晚会，

在劳动人民文化宫

民兵在演出。

那报幕人

白衣，蓝裤，胸围子弹带，

纯洁有如白鹭，

威武有如海鹰，

她简直就是美和英勇的化身。

我看见，春天从她微笑中倾泻，

我听见，胜利在纵情歌唱。

我说：厦门，这就是你新的形象！

1962 年

（首发于《厦门日报》1962 年 8 月，后收入《福建集》）

仙游蔗原

北面的高山挽留南来的云，

云连山，山连云，

云山一时难分。

天空其实是由许多云层组成，

高处凝然不动，中间匆忙行走，

最低的就飘拂在人家屋顶。

虽然四周晴朗，可又在不知不觉中

池塘水面看到了雨点，

细而无声地将肥沃的沙壤滋润。

这时寂静的四野饱和着生命

在等待榨糖季节的来临。

中穿山野的木兰溪水浅沙平。

雨湿的木排和河滩一片光明。

两岸的甘蔗高大如林，

它筑成一道又一道的绿墙，

遮断了公路、田野和村镇。

空气里有着甜的味道，

不折不扣是百年糖仓，

但往日的牛车和水碓已无踪无影，

代替它们的是新型的工厂和铁道，

从那里，这时正传来机车的汽笛声。

1962 年

（收入《福建集》等）

天宝蕉园

绿色的土地吹动着绿色的风，

绿色的园林照耀着绿色的阳光，

公路在这看不到边的蕉林中穿过，

汽车出没在肥叶组成的绿色波浪。

这时正当香蕉开花结果的日子，

进入蕉林像进入节日的城市，

每一人家都挂着一排排的爆竹，

下面垂着红色的灯笼，

照亮在欢乐的气氛里。

1962 年

（收入《福建集》等）

菠萝山上

姑娘拿着砍刀站在山冈上，
背后是一片早霞的红光；
黑夜在山坡还没有完全消失，
但她全身已照耀了朝阳。
那砍刀的光芒射到菠萝的尖刺，
那叶上的露珠反映在她眼里，
当阳光从她身上扩展整个山冈，
她突然看到前所未有的奇迹：
那满天的红霞落在山坡上，
而金黄的菠萝却铺满了天空。

1962 年

（收入《福建集》等）

闽　江

一条深水，两面高山，

整个宛如色彩缤纷的花园。

毛竹的山是碧绿的山，

杉松的山是暗绿的山，

阳光照射的山是金黄的山，

近处是青山，远处是蓝山，

天边又是薄雾笼翠的山。

有鹰在那里栖息的悬岩上，

烟云好像一条腰带，

缠绕在杉松林薮中间，

在它上面，在它下面，

是梯田，丛草，白沙，飞泉。

苍林中有黑瓦小楼

木造的走廊和阳台已年代久远，

从那里升起的炊烟薄如轻纱，

下面的黄花恰如阳光般照眼。

岸上的榕树生在石壁，

悬垂的枝条弄影水面，

树下传来洗衣妇女笑语声喧，

当船走过，

山树的青色突然化作流动的水，

仿佛一切都溶化于碧绿的江。

两面高山，一条深水，

流动着光明和活泼的生命。

太阳照着绣了花的水面，

礁石上飞溅着珍珠和金银，

白鹭在沙洲伫立有如冰雪，

气流也如同闪闪发光的水晶。

江轮在乱礁丛中穿过，

满耳都是兴高采烈的浪声；

它们相遇时欢呼的汽笛

那是擦肩而过时的致敬。

巨大的木排顺流而下，

上面有小小的筏工小屋，

从其中升起蓝色的炊烟，

几乎触到鳞状的云。

水流有时无声，有时凶猛，

有时激起回头浪，

在沙滩上留下退潮的痕迹，

大海就在近邻，

这里可以感到它的潮汐的呼吸，

永远没有真正的平静。

而最震动人心的

是火车在岸上和桥上飞奔，

当它把团团白烟拖过江面

水上仿佛出现了长串帆影。

1962 年

（首发于《诗刊》1978 年 10 月号，后收入《福建集》等）

荔　枝

生长在热情的南方，
心有无限光明向村庄，
细枝中间点火炬，
绿叶丛里布霞光。
吞吐山烟，
沐浴海风，
团团如伞张高空，
垂挂红紫千百颗，
水晶珍珠隐其中；
相亲雨露，
厌恶风霜。

1962 年

（收入《福建集》等）

榕　树　林

曙光催醒百鸟的啭鸣，
万千的枝叶都发出歌声，
早晨的榕树林有银色的梦，
使朝向它的一切心灵纯净。

南风送来大海的清凉，
满地的阴影如水花欢腾，
中午的榕树林有绿色的梦，
让干燥的眼睛忽然明亮。

晚霞燃烧枝顶有如流火，
初月和黄昏星点缀密叶中，
傍晚的榕树林有金色的梦，
为无虑的人带来新的希望。

1962 年

（收入《福建集》等）

鼓浪屿秋夜

晚　潮

我们在忽高忽低的柏油路上走。

夜多静呀！

蟋蟀仿佛就在耳边嘤鸣，

此外就只有那

像是很遥远但又非常清晰

一阵又一阵涌涛鼓浪的声音。

走向树木遮蔽的海滨，

一路全静默；

坐在堤岸上，

还是谁都不出声。

这时，想象却非常活跃，

心比海浪更沸腾，

仿佛是

无言中的心声更丰富，
幽暗中的火焰更动人。

花　香

淡青色的小花，点点如雪的小花，
把芬芳从墙里向外四溢，
温馨，素净，和平，清新，
在这金色的黄昏
你正在思念着谁？
那含蓄了一天的热情，
那积累了一天的相思，
到晚来实在按捺不住了，
你到底要把这香扑扑的心意
奉献给谁？
我举头在墙上看到你，
低头又在栏杆的阴影里发现你，
你依旧是那样：
半开半合，
欲言犹止。

琴　声

从榕树浓荫的隙缝里，
流过来梦幻般的缕缕琴声，

是从哪一个灯光明亮的窗户
是谁在弹奏钢琴？
渗进花香的微风吹拂起来了，
紫晶色的夜气也如水波微震，
柏油路上卷起喧哗的浪涛——
那是月光下摇动的树影。

啊，琴声！你是
一叶能载人的小船吗？
听说远方某一个港湾里
波浪正在月光下舞蹈，
你就载我们前去
问它为什么这样快乐，
然后再和着你的琴声
大家跳起舞来
一直到更深夜静。

1962 年

（收入《福建集》等）

无题·我活着

我活着不是为别人凑数字，填雄心，
我要做一个真正的人。
我不愿被谩骂，受冤屈，
剥夺生活的欢乐我不干。

我不愿在自己的脑袋里，
有另一个人在替我出主意，
与其说像人，不如说像东西，
可以随便拿来，随便处理。

就是无形的手铐脚镣我也痛恨，
我不能忍受样样事情都遭禁止，
不准愁，不准说苦，
不准唱自己嗓音的歌。

要知道，心是不能搜索的。

我要思想，我要理解，

我要爱，我要恨。

1962 年

（收入《生活的歌》等）

雨　晨

霞光隐在云层里。

天空落在马路上。

树呀，岩石呀，电线杆上的绝缘瓷呀，

都在幽暗中反射远在云外的阳光。

这早晨是既宁静，又生动：

没有风来孕满淋湿的帆，

船员们在奋力摇橹前进；

没有音乐送上班的工人，

雨点敲在伞上有如鼓声；

这早晨，太阳藏在人们心上。

1962 年

（收入《生活的歌》等）

满潮的正午

不知什么时候起海港突然涨大，
楼房全像站在水里，
船只却高过马路，
岛屿变小，天也变低。
这时，成群的孩子闪动黝黑头颅，
像一串小球在海面漂流，
他们在嬉戏中溅起的水波，
把夏天整个溶解了，
只剩下那高踞天上的云
被炎日烧得白热
却未能下来躲避。

1962 年

（收入《生活的歌》等）

黄　昏　后

淹没落日余晖的雾气
被晚风自辽阔的天际
揩得不留一点痕迹，
繁星布满的夜空
这时有如一块蓝色的大玻璃
把冰凉的幽光
倾泻在海港的波浪上
和摇动的花荫里。
这是倾诉心事的好时机。
人们都出来坐在栏杆上
承受海风的抚爱
张开郁结已久的胸怀
对着将逝的夏天吐露出
尽在不言中的秘密——
就像种子成熟在果肉里
拂晓的面颊埋在黑夜里

希望也包藏在沉默中
发光在寂静里。

1962 年

（收入《生活的歌》等）

新　春

一

冰雪的末日已经来到，
最先感到的是大地；
新芽在它怀中
如同英勇的战士，
昂头挺胸
从潜伏跃起。
斗争进入新的阶段，
这一点不用怀疑：
春天在冬天孕育，
胜利从困难开始。

二

树上虽有枯枝，

但生命的液汁在上升；

河边虽有垃圾，

但清流已普遍苏醒。

最先行的是暖风，

带着对万物的深情，

沿着坎坷的道路，

坚决勇敢地上阵，

踏冰雪为污泥，

让花草更繁盛。

1962 年

（收入《迎风》等）

风　帆

看哪！这里是风吹浪打的海港

一只小艇在横风穿浪。

它尖锐的船头有如飞箭

一会儿仰射天空，一会儿俯冲海面。

它鼓起的布帆孕满烈风

从巨大的弧形看出力量

云块在它旁边向后飞驰

浪花在它下面四外喷溅。

它的历史已很古老

构造也有点简单

但它最大程度利用自然

港湾里谁也不及它雄健。

太阳戴着火焰的冠冕

以金色的洪流沐浴万物

并不分高低贵贱。

大气以醇酒般强烈光泽

照耀一切有生和无生

也无论大小轻重。

不要在庞然大物之旁自卑

自己存在着就很有意义

就学那小艇吧——

从不惧怕艰险

一辈子切风削浪。

1962 年

（收入《迎风》等）

听见了吗……

听见了吗，向海上前进着一艘炮艇，
听见吗，一艘炮艇在向海上前进，
这时候，作为我们领海的主人
是那执行巡逻任务的水兵。
温和的微风
在和飘带细语，
愉快的海水泛起白浪
在和船舷谈心，
初升的月亮
也向脱下炮衣的大炮
倾下光芒如银。
微风，波浪，夜空，月亮，
都以各自的柔情
来报答战士的忠诚；
让我们的一颗心
也紧紧追随着
那彻夜奔波的水兵。

（1962 年）

忆　念

亲爱的密友你是这样

当你把可爱的小嘴微张

我感到生命的热流有如太阳

天地都充满生命的光亮

整个灵魂在飞翔

直向遥远的无限的太空

（1962 年）

晚　空

和大地的夜一起闪烁
彩霞轻淡无垠，
透过迷茫的青枝绿叶
余光多么辉煌
如火般三月烟花
散落在珍珠色的渔网，
踩碎的玻璃
铺陈在漫长沙滩上，
远方湖面有风吹过
浮起许多金色贝壳，
从这里冒出烟缕，犹如你
回身放落头发的云
走进黑暗里去。

（1962 年）

⊙ **1963 年**

十　　年

是那一天

在大雪纷飞中

从圆柱大厅把灵柩运出

整个世界都在哀悼？……

心呀，回忆起那悲痛的日子，

眼泪又涌上来。

历史从来没有别人像他那样

个人的死给人类带来这么大的震动。

历史从来没有个人的名字像他那样

和世界命运联系得这么紧……

他的威望日增，

一直到他的死亡来临……

难道他已不再存在？

不！

人们想起革命事业的同时

就想起他曾有过的功绩。

他不再战斗了吗？

不！

他最先指出叛徒的名字，

斗争正在剧烈地展开。

纪念像可以拆掉，

遗体可以从陵墓迁出，

但永远不可能把他的成就

从历史这座无情的丰碑上抹去。

今天，

亲自抬灵柩的人已寥寥无几，

从小人物中钻出伪善者和阴谋家，

反复无常的人在诽谤自己国家的过去，

对英雄百般辱骂！

对叛徒恩爱备至！

但是，人们呀！

难道只在痛苦中咬紧牙关？

真理的声音并没有被堵塞，

斗争的鼓号正在滚滚而来。

……

世界在严峻与不安中，

又度过变幻无常的十年。

这一天

在克里姆林宫墙下

长长的行列在警察和士兵的催赶下

默默而沉重地走过

谁呀

敢于悄悄地在他墓边

掷下一小枝含羞草

用透明的塑料细心包裹

在灰色大理石上闪闪发光?!……

胜负还未作最后决定,

斗争还只是在开始!

1963 年 3 月

无题·我感到我需要

一

我感到我需要

从前使心得到慰藉的声音，

鼓舞自己也鼓舞别人，

在坎坷不平的道路上，

去把真实的生活追寻。

生命已经过了一半，

最快乐的青春也已逝去，

却依然不能忘怀那个心愿

要从这平凡的岁月飞升

去接近永恒的光明。

从孩童时候

自由就在我心中诞生，

难道它会被囚禁

难道它不再举翼
翱翔在天风浩荡的云顶？
让我再振起力量
大声地歌唱
那不可缺少的自由
那使心年轻的对生活的爱情。

二

为了你啊，生活
我的眼里饱含泪水！
你虽有快乐和光明
你也有艰辛和不幸！
多少人在你的轮轴下
带着悔恨挣扎呻吟！
你前进的每寸轨迹中
都有痛苦的泪滴！
生活啊，你应该公正，
你要保护正义和爱情，
你要指引迷途的青年，
你要报答忠诚的老人。
我在为你服务，
我在争取更自由的一生，
不用喇叭和战鼓，
不用鲜血和杀戮，

唯有这歌声，歌声，

诚实的歌声……

1963 年 10 月 9 日

赠　　人

一

让生活重新成为生活。
让它永远号召我们前进。
让它在热情中洗染得更加灿烂，
恢复你生命的清晨。

让燕子重新在你心坎里作巢。
让希望又回到你的瞳仁。
让日子过得滴水不漏，
恢复你纯洁的青春。

啊，让我的歌声像告警的汽笛一样，
在雾中，在雨中，
为你大声呼喊，

快回避那些危险的礁石。

二

说吧，美丽的人，
你肯不肯倾听我的歌声？

我是一个崇拜美和善良的歌者，
我不许谁来践踏可爱的花，
也不许谁来糟蹋播下的种子。
虽然追寻新春的眼睛一瞬不睐，
可我知道，月亮和草坪隔得太远，
我的心像碧蓝的海水那样清明，
我只祈求能赢得你的友情。
要是没有叫唤的心，
我也不会向你呼唤，
你的形象
正如快乐之歌的叠句那样
反复地出现在我的心上——
你是能够得到我的充分信任。
我要做那种人
不惜把自己变成炭和火
向四周不断扩散温暖和光明。
要相信每个人的内部都有一种高贵
超过世人所已经理解的。

我为你敲起钟声

鼓舞你做一个正直的人。

活着，就要留下一条深而阔的痕迹

在兄弟姊妹的眼里

踏上人类伟大梯子的

更高一层。

不顾别人的拉扯，我站立着。

我不需要别的幸福，

只希望人快乐欢欣。

我要大声向你呼吁，

生活与建设下去吧，

坚强地，自信地，为斗争而生

勇敢地轻视命运。

三

美究竟是什么？我见过各种各样的美：

有的美容易凋残，

有的美不值一顾，

有的美使人振奋。

我看见忧伤的尘土蒙着你的美丽。

我愿意用心血来洗涤你的灰尘。

唯有正直是美的亲姊妹，

她能给美带来再一个早晨。

美如果不与积极向上的活力结合，
那就等于虽美然而短促的黄昏，
让我们更多赞扬那前途无限的黎明吧，
那是美和生命力结合的最好象征。

四

自由啊，我也是你忠心的歌者。
活着，就是做自己生命的主宰，
而不做它的奴隶，
顽强地抵御刨子和推子的进攻
以及岁月的校正，
不服从已知或未知的暴君，
心上筑起瞭望的高台。

但是，自由永远属于那争取自由的人。
谁要不能战胜一切屈辱，
谁就永远不是自由的人。
让我们拭去日常的忧烦，
永远保持住年轻时候自由呼吸的心愿，
争取自由虽有无数艰难险阻
也胜过奴性屈服的非常安逸！

你还是生命树上

正在颤动着的细枝，
让它在风中挣扎，成长，
伸向高空的无限光明，
让由热情而表达出来的风采，
永远奉献给更大更正直的思想，
而不与细草一同腐朽。

人生是多么烦闷
要是它没有斗争。
是谁说过呀：
"只为自己一个人而活着
必定是贪生怕死之徒。"
只有远大的目标
能消除你眼前的烦恼。

让心为强力的意志与光明所激动吧，
让感情重新感到，让思想重新想到：
应该怎样活着才更有意义。

五

不要把自私看错成了自由，
不要把血气看错成了勇敢，
不要把享受看错成了欢乐，
不要把灾难看错成了幸福。

除非是你真心爱的，
一切都不能长久。
想取得幸福
你就应当是一个强者。

只要心不老，幸福会来到，
但走向幸福须经过劳动。
每一步都更接近目标，
但必须朝正确的方向。

六

说吧，为什么你要戴着假面，
遮盖你真实的容颜？
为什么你嘴边有难以捉摸的波纹，
眼睛在笑，心却在流血？

难道你不允许我清楚
你的眼泪和你的叹息，
我分明感到你的灵魂在哭泣
你在祈求人们的援助。

尽管你学会了好多本领，但是
你还没有学会用谎言来欺骗我。

难道上天给你安排定毁灭的命运，
你不顾阻拦地坚决走向永久的沉沦？

七

也许有时你仿佛失去警惕，
你会又受到伤害，
但这不要紧，
因为生活是斗争都不免有过分的粗粝，
伤害算不了什么
它终会使你的灵魂得到苏醒。

在苏醒过来后睁大的眼瞳中，
仇恨将更加威猛，
力量将更加强大，
斗争将更加彻底，
对旧的、腐朽的将不再纵容，
这中间还会有挫折，有错误，
因为这正是生活呀！

自暴自弃是一种可怕的旱风，
它会很快地把心灵吹干，
毁坏所有的感情。
让痛苦和悔恨的泪滴
装点你的笑颜吧，

泪滴有时也会使笑颜更加动人。

时间是最伟大的，
它每时每刻都使我们发生变化，
新的生活
将在汗水和烟尘中闪耀光彩。
心呀，不要悲哀，
严冬劫掠去的一切，
新春会再还来。

即使是现在，明天也已开始。
明天即将到来，我们都有一份。
还须再多些忍耐，等待那光明的将来。
善于等待也是个优点呀！

1963 年 10 月 19 日

无题·张牙舞爪

张牙舞爪的犹如凤毛麟角。

明目张胆的也是绝无仅有。

欺骗是他们共同的战术；

披上袈裟

或是穿上常服，

都包藏一颗仇恨人类的心。

不要让灾难佯装幸福，

不要让帝王扮成导师，

不要让盲目替换理想，

以宁静而光辉的目光观望，

不轻信任何最漂亮的言辞。

帝国主义是敌人！

封建势力是敌人！

愚昧也是敌人！

1963 年

（收入《生活的歌》等）

孤 独

没有一棵小树伴我长夜，

没有一口水井解我干渴，

唯有一颗星向我顾盼，

可它是那样遥远

那样迷茫！

没有绿叶，没有花香，

我现在是荒漠中

一株孤独的仙人掌，

四向尽是无穷的天际

寂寞而又凄凉。

怎能忍受寒风吹刮？

怎能医好野物啮伤？

虽然不哀哭悲叹，

可灵魂这样凄切

这样孤单！

1963 年

（收入《倾诉》等）

我　要

我要继续这样努力
两个理由陪伴着我——
我的心和我的痛苦

——聂鲁达

如果我能从心所欲，
我要
摘取天上的火
把胸中日趋消沉的欢乐
重新燃点起来。
我要把微光化为光明
把光明化为冲天火焰
那心中的火呀
再度燃烧就永不熄灭。
我听见欢乐的引擎
在上空高歌，

我感到

云的泡沫，雨的浪花

都向我涌来。

我感触黎明的阵阵气息。

我看见繁花又照亮原野。

我只有一颗大的心

以容纳这奔来的一切。

斩破由空虚和失望

所织成的残忍的网，

结束昨夜星光的彷徨，

当心灵醒来，

最要紧的是镇静，

一秒钟的软弱惊慌

都会带来屈服。

一切美好的事物，

都从人的需要中产生；

有时，人愿意把心灵所领有的一切

从巨大到微小的

都一齐奉献出来

只为换得一句温柔的话。

我一切都接受，无论阳光或风雨。

我的心应该展开有如旗帜——

如果旗帜卷起来，

如果旗帜不招展，

它还能算是旗帜吗？

让朦胧的时日过去吧，

让不凋的青春与我同在。

年年有鸟儿歌唱，

但今年的鸟儿已不是去年的；

年年有谷子成熟，

但每回下的都是新的种子。

要从实际生活中去认识事物，

不从死水中啜饮，

肉体由最初的胚胎中产生

思想由生活最平常的感受中产生，

我要用十倍洪亮于汽笛的声音

赞美生活，

生活就是创造，

生活就是为追求自由，

没有它，生命就黯淡，衰老。

生命不能忍受镣铐的磨损，

生命要磨损镣铐！

有人希望我毁灭吗？

我却热爱生命。

我要为受苦的人们唱生命的歌，

那欺压人们的

给他们唱毁灭的歌。

由于这一个愿望

我投入沸腾的生活。

我披荆斩棘

为了看到你，自由啊，

我对你的向往

就像水晶似的透明。

凡是路，都要通过崎岖不平的地方。

凡是大路，

都不免要越过高山和深河。

路不会自己走来

曲折是它的规律，

我要

做一个探索者

经过各种未能预知的考验

而从不动摇。

扩大人生的道路

也是我本分的工作。

谁在倾心地歌唱过去？

谁在狂妄地蔑视今天？

告诉他吧：

没有今天，就不是正确对待过去，

也不会有青春，更不必谈自由的将来，

除了今天，没有所谓幸福与痛苦，

除了今天，永不会有完全。

1963 年

⊙ **1964 年**

诗　十　首

一

崇拜在一定程度上包含两种坏因素：无知、胆怯

一个伟人的崇高地位，

与其说是由于他自身的伟大，

不如说是由于其他人的渺小。

　如霜夜的寒星，

　闪烁而不使人暖和。

　曹操和秦始皇

　不是使别人渺小

　然后才见得他自己的伟大吗？

使人先战栗，

而后才有崇敬，

这是一切统治人物的魔法

必须把它打回去，

以挽救自由……

1964 年 1 月

二

滥用权力的结果

使人民陷于贫困

他们的动机

可能是美妙而高贵的，

阻挠人们对事物深思熟虑

以为猛干一场

就会出现一个锦绣河山

人类在贫困与痛苦的道路上

总是为一部分人所统治

在动荡不安的时代

在人命不值钱的时代

我才认识人的伟大和力量

1963 年冬

三

要是我成了飞鸟

我要永生在天空飞翔

不愿落地面筑巢

因为这里痛苦太多！

伤害太多！忧愁太多

焦急和失望也太多！

1963 年冬抄改

四

爱一个女人

恨许多暴君

思考世界的神秘

难道今天沉默

为了以后痛哭？

我怕这种不快不慢的生活

怕没有意外的事件……

1963 年冬抄

五

人们都走大路——
是早先骑马，现在坐汽车，
但作家都是天生的步行者
走的都是自己的路。

时代使一部分人意气风发
使另一部分人灭亡。

1961 年

六

在冬夜屋檐雨滴中
我听见时代的叹息声

不以眼泪陪加你的伤心
也没有热情慰问你的飘零

1964 年春

七

遥远的波浪
你是多么寂寞

135

没有谁，唯有我
能听见你的心的呼声

因为你不向暴风屈服，
你被吹向这边，又吹向那边
既不能在海的怀抱中安息
也得不到岩地的亲吻。

你的追求既不自觉，
也就永远不能得到，
在黑暗混沌的天空下面，
我听到你焦急不安的脚步声。

几点晶莹的星光，
几片明亮的浮云，
任天边的闪电和黑暗的压迫，
还是照澈这欲雨夏夜的寂静。

铁娃在践踏灵魂，
恐怖要冻结寸心，
还须更多的忍耐，
等待那将来的光明。

1963 年春

八

受灾遭难的土地，
希望破碎的心
一只失群的孤雁
在秋天的上空长鸣
……
……

我的生命正落潮一样荒凉
但犹如浪涛一般固执
用不息的歌声
在祈求光明、光明。

1963 年

九

最人道的人绝不轻信，
无稽之谈难道还少吗？
用自己的尺度衡量生活，
要有自己坚定的原则。

最坏的莫如盲目的信仰，
批判的思考有必要，

对人对自己都要忠实。

上天赐给他绝妙的本领，
就是喝了泔水也会醉。

甚至苦难也成了奢侈，
悲伤，心灵的委屈，
单恋或孤独的痛苦太多，
这是什么样的年头？

1963 年抄改

十

难道热血不再奔流
难道创伤不能治好
那心头的火
难道已泯成风中的烛光？

1963 年

［选自福建省文联《批判文艺黑线》编写组编印的
《蔡其矫"三反"罪行》第三辑（1967 年 9 月）］

一　瞥

啊，可怜的小花，
为时代所背弃；
生活在荒草中，
你的命运使我心碎。
一种冰冷的气息，
笼罩在你的生命上，
我瞧见你憔悴的美色下
那弱小的心在战栗。

苦难在践踏你年轻的心，
歧视要冻结沸腾的血，
从你强作的笑脸，
我看见夜半的泪痕；
但是你仍然高举忧伤的额头，
抵抗无情冷风的袭击，
在孤寂的苦撑中，

却有一种骄傲与你同呼吸。

冥冥中还有不可测的威胁，
每一天都有新来的迫害，
但是瞳仁却有最大的蔑视，
那蔑视有灼天的光辉。

不作连城的奇珍，
冲风冒雨闪射你的风韵，
保有内心的力量，
反抗倾天的黑云，
苦难与迫害终会过去的，
现在我给你带来音讯。

愿你永保自由的心，
做一个时代的见证人。

1964 年 1 月 13 日，冬雨霏霏中

为了春天永不逝

一

你往哪儿去，年轻人？
我要走上高山去看云。
你离云的宝殿太近了，
看我怎能看得清！

二

你好像山间的泉水
那样清澈与光明；
但是我害怕自己
带来一粒灰尘。

三

黑暗里窥见
你的脸上起红云，
仿佛朝阳在金色的雷鸣中升起，
白日已经降临。

四

对昨日的痛苦说"别了"！
对今日的欢乐说"再见"！
这是你暗示给我的话。
这是我听到你心上的歌声。

五

也许你已经洞察一切，
我感激你的信任；
良好的教育不是别的，
就是这种心中的同情。

六

我是

友情的无私、自由与欢乐的歌者；
而你是
那个永远扩散这种光明的人。

七

给人以快乐的感染，
终究是一种崇高的德行；
对你的记忆，
就这样照亮了我的心。

八

对美的喜悦，
对青春和生命的欢愉，
也许是我追求的人生
一片永久的光明。

1964 年 2 月 11 日

无题·夜

夜已经十分深沉。
天地间是这样寂静。
会散了，人走了，
一路上你在倾听我的不幸。
而我的心却在痛哭——
也许告别的时刻已经来临？

我的生命经过一场风雨，
如今只剩一些红色果子留在枝顶。
对着被风雨洗刷过的心的田地，
我依然渴望着友谊的犁来翻耕。

于是我遇见你的目光，看到你的微笑，
你的水晶似的明眸好像对我说：
勇敢地生活下去吧，
未来的日子还会有光明。

而你的笑，又仿佛是阳光
照在我痛苦的雪上，
把悲哀化为缕缕烟云。

可是，太早地出现了大片阴暗，
会不会把这光源遮断？
对于受打击和被围剿的人，
最善良的心也会冷眼相看！

在生活中，我没有欺骗过谁；
如果我被欺骗，也决不埋怨；
甚至冷漠也不再使我失望；
因为我已清楚我的道路，
在这世界上，个人的幸福已难满足，
我的需求更多更大，
别人的幸福才是对我最高的奖赏。

再见，有着美好感情的人！
在我的灵魂中会深深地记牢你，
我的目光也会在遥远的地方向你注视。

但是，我也暗自担心：
当你的身影消逝在你家门前的黑暗里，
我会不会从此再也找不到你的踪迹？

1964 年 2 月 16 日

思　考

要在这铁一般的时代
唱起火焰般友谊的歌，
这绝不是一件轻松的工作。

这也不是一条容易成功的路——
如果缺乏足够心灵的深度，
就必定为世俗再一次击倒。

让苦恼和忧愁注满我的心吧，
在痛苦中间仍然保有生的欢乐；
如果只一味做个快活的人，
可能会是一个无耻之徒！

要不放过每一次比较的机会，
无论对最大快乐或最深痛苦，
看清什么是新的，而什么只是
过去偶然错误的重复。

1964 年 2 月 19 日

相 知 的 歌

要是谈论

高尚的友谊，

就不应忘记

也提到

什么才算是相知。

在人世间寻找知己，

有如探矿在荒野里，

一路要踏过不少崎岖和荆棘。

不相知怎能克服阻碍？

不相知怎能坚持到底？

朋友的相知

有如春天的河流

反映着蓝天，

在平静的涟漪上辉耀，

在汹涌的浪涛上战栗。

啊，你若成为我的河流，

我便成为你的天空，

轻云丽日中

嬉戏在一起，

凄风苦雨里

战斗在一起。

但是，

阴云迷雾难道会少吗？

怎样了解

要是眼睛被蒙蔽？

绝不轻信

是最高美德；

用自己的尺度衡量生活，

要有自己的坚定原则。

所以，友谊中也有斗争。

人就是在斗争中提高自己，

也在斗争中巩固友谊。

真正的友谊贵在相知。

让我歌唱相知在心里。

1964 年 2 月 22 日晚

为一人，也为大家

这一天，
我经历了许多感情：

为难得的会面欢笑；
为无言的分手痛心。

为世界上美好的事物兴高采烈；
为自己个人的过失黯然伤神。

有战斗的火花在心中炽烈地燃起；
又有暗夜的雨滴带来的冰冷。

在美丽的歌中
感到振奋；
而在日常琐事的试金石上
一条创伤使心隐隐作痛
不安在扰乱我的灵魂。

为什么原是欢乐的日子

却在最后淡薄失色？
本来有时起的笑声
为什么后来转为难堪的沉默？

阴雨的天气算得了什么，
只要内心有阳光和煦。
但是灵魂里要是有一点阴影
即使最光明的日子
也总带着些悒郁。

现在我又懂得了
生活的秘密。

生活原来是一个整体，
不能为一人而忘掉其他。
别人不悦的时候，
自己能始终欢笑吗？
如果不是一切都正直
暂时的顺心必花费太多的代价。

不能让花朵孤单地迸发，
不能让流水离开了河下，
真正的快乐是：
为一人，也为大家。

1964 年 2 月 23 日深夜

祝　贺

一

我们民族有个习惯

在快过生日的时候

长辈为孩子准备了蛋和面。

蛋——营养，健康；

面——鲜美，悠长。

成长起来吧！

不断进步吧！

这是衷心的祝愿。

而我，也许这样更合适些：

用话语，用心声，

用无限关切的注视，

为你准备祝贺的诗篇。

二

诞生在战争的年代，
长成在革命的岁月，
你应记得那时穷世乱的
那些日子，
又是自由与光明到来的
那些日子，
你的道路是从这里开始。
它还没有湮没
尚展开在你面前
一直伸向远方。
虽然走来并不轻松
也并不完全平坦
但却引你走向无限宽广；
你面前的旗帜
在自由的天空中闪闪发光，
跟着它向美好前进，
一定能达到理想。

三

在决定性的时刻来到这世界，
你绝不会只是平凡的人；

即使做的是平凡的工作

但这工作联系着伟大的斗争。

幸福也靠你很近

正如月亮握在地球掌中，

凡你追寻的必将得到，

最要紧的是要有信心。

而这信心

我已经看到了——

在你的顾盼中，

在你的笑声里，

在你轻缓而沉着的举止里，

在你行路的步态上，

在你对人的真诚中；

因此你微笑起来，像晓色，像三春；

你的容貌有如晴美的天气；

在生活的每一块田地上

你的青苗已十分茂盛。

四

今天，我要告诉你，

你有着怎样的美丽。

你的美丽有如

浮云不停地掠过的初月一样，

你的美丽有如

以繁星为伴的轻淡色的初月一样；

你是可爱得有如远在天边

在云下闪烁不定的星一样，

你的活泼好比

那在夜空中捉迷藏的星一样；

你像是那小河旁边

长着青苔的岩石那样充满生机，

你像是那些在海岸

带着泡沫的浪花那样顽皮。

什么时候

你成为满月照耀中天？

什么时候

你是明星悬在中天？

什么时候

岩石有小树做伴？

什么时候

波浪向海上奔驰？

五

不需点起二十六支蜡烛，

不需端上华丽的蛋糕，

也不需高擎起斟满的酒杯，

用一片至诚向你祝贺：

祝你健康！祝你成长！

祝你的道路日益宽广！

祝你获得一切知识！

祝你永远不把生活错过！

祝你幸福早享趁着青春！

祝你纯洁的感情不会消散！

祝你热血赤心不会改变！

祝你的真诚，在你的灵魂中

有如黑夜的明珠闪闪发光！

假若生活是火焰，祝你成火花

从生活的怀中升起

又往生活的怀中落下！

祝你生活在热忱的热忱之中！

祝你永远呼吸在哲学里面

而哲学的实质在于有良好的心情！

祝你快乐！

祝你笑声常在！

1964 年 2 月 25 日

155

与春结伴的歌

在这个世界上，
有各种各样的幸福；
但今天，我只唱你一个——
与自然的春天和心灵的春天
结伴同行的幸福的歌。

必定是我心中
早就有你的存在，
春天啊！
我们才这样
一旦相遇便敞开胸怀。
但你也是姗姗来迟。
为了你，我曾苦苦地等待。
我曾在夜晚冷落的街上徘徊，
寻找那明天的希望；
也曾在久雨初晴时悬念，

在早晨的雾下，在黄昏的窗前，

在晚会上，在孤独中，

我怀着近乎崇拜的柔情将你猜。

但我有时不免地成胆怯者，

有时也表现心口不一致，

觉得有些局促，

有些不自在，

也许还有小小的不快，

可我还是不敢把心灵的窗户打开……

终于在夜的街上发现你

我的耀眼的春天啊！

因你的光芒四射

那朦胧中黑暗的树影

倒映灯光的水

偶尔遇到的行人

对我都已不再存在；

而新辟的马路，

磨损的木桥，

有小片积水的泥地，

古老的铺石的曲巷，

都因为你而放异彩。

你给我的幸福就这样

在我胸中澎湃

有如飞波喷沫的瀑布

从高空落下来。

冰雪在你摧毁下溶解，

草木在你吐溅中发青，

春天啊！

我睁开心灵的眼睛，

看见你穿着轻风做成的鞋行走

水面上盈起微微的波纹；

看见你围着薄雾做成的纱巾飘动

城市和远山的云在上升，

你是这样轻快，

这样轻盈

连三月最美的早晨都比不上

谁见了你会不动情？

你一天天走近，

一天天贴我的心，

花朵又回到树枝上，

你是生活对我最好的馈赠。

我把这些日子都献给你：

我为你去读一本书，

为你思索，

为你探求，

你已成为我今日的宇宙。

我知道，你不是我一个人的，

我但愿是你无限广袤中

一颗小小的星。

就这样

时间和空间

对我都充满幸福之感；

就这样

更多的爱进入我的胸怀

每一呼吸你都存在。

我了解

人世间最值得珍惜的

就是你现在对我的信任；

为报答你的眷顾

我要对所有的人都忠诚。

我了解

也许我们相知不在空中，

也许我们相知在地底下，

在秘密的期待中，

在沉默的渴望里，

在那儿，有深不可见的须根

紧紧纠结在一起。

世界上永远有奇迹，

真诚的友爱不要求回答；

朋友，相信吧，

与春结伴的歌

依然是纯洁友谊的歌。

1964 年 3 月 3 日

信　心

正在成熟的姑娘，
又灿烂，又端庄；
你将怎样发扬你的光芒？

鸽子，微风，雨露，阳光，
都愿意为你进入生活服务；
你将怎样播撒你的芬芳？

我说，在不平凡的时代来到世界，
你必定能够享受爱情和幸福。

我说，在一切生活方式中，
有信心的方式最好。

要使别人相信自己，首先要有自信，
因为对自己本身的衡量

无疑地会给别人的看法以很大的影响。

信心和幸福，幸福和信心，
这仿佛是双生的姐妹，
有同样的容颜，同样的目光。

我告诉你，精神因为奋发才光彩，
日子因为有信心才美丽，
你快乐时小草也在欢跃，
你悲伤时暗夜也随着沉寂，
万有都在围绕你而变化，
你是它们的欢笑，也是它们的哀伤。

我告诉你，只要绝对相信生活，
就能够在世界上健康成长，
正如花儿天天浇灌就能鲜艳，
树儿年年修剪就更加辉煌，
你追求什么便能得到什么，
一切幸福都由自己亲手创造。

战胜庸俗的包围，
蔑视一切诋毁，
快乐地生活下去吧，
让我的心永远支持你。

1964 年 3 月 11 日

致永恒的春天

一

你是在寒冷的时候来到我这里，春天啊！
你带给我
你的温暖和光明，
芬芳的花，清澈明亮的泉水，
世界上最迷人的眼睛，
你望着我，洋溢着关切和鼓舞
胜过美妙的曙光。
一颗昏沉的心
是在你的流盼下苏醒，
快乐、自信、热望都随你的照耀来到，
有更多的血液充满我的血管，
这血液就是强大的青春，
就是对生活无比的热情。

你带来最明朗的微笑，

好比鼓荡无边的风，

这微笑，有吹落旧叶的力量

又催促新芽生长。

我没有看见过比你更亲切的微笑

比你更朴素的语言，更温柔的手，

我没有看见过比你更善良的心，

你的纯洁有如通体光明的水晶。

我望着你

莫明其妙地感到精神愉快，

心头无缘无故地要唱起歌来，

好像大地迎着太阳一样

生活把最好的一面转向我，

你是我生命的全部欢乐。

你也带来心中的诗，

橙色火光一般的形象，真诚而恳切的

声音，震撼我的灵魂，

也许你就是我到处寻找的生活的门槛，

也许你就是我终生的愿望，

我把全部热情奉献给你，

从此我要永远为你歌唱，

而将忧伤和秘密在心中隐藏，

你是我第一支欢乐的歌曲。

二

我的春天，你有无数美德。
你是冷漠与无情的
勇敢的敌人。
你是那样坚定，不怕
寒冷的风，不怕频繁的雨
以沉着的脚步走来
庄严地抬起你光辉的前额
你的任务
是在大地上散布幸福
因此你大无畏。
你是我新的春天，
自然中以你最自由最光明，
你把快乐和信心
输送给一个愁苦的
不幸的心灵，
得到你的眷顾，
这是我最大的幸运，
我向自己千遍万遍地
重复这句话
我永远记着你，
永远记着你。

三

现在，春天啊！
你也已经知道我的心，
可是你永远不只属于我
你也有离去的时候。今天
我以出自内心的全部真诚告诉你：
我已感到了那不可避免的分别
正频繁地向我的心窥视。
而且，我也听到诗人严厉的声音：
别悲伤，志在四方的战士
一生哪会没有别离！

春天啊，在你看不到的地方
有一种思想在行进，
它陪伴着诗歌，在战斗
走向我们共同的胜利。
你走了，我并不是孤独的，
有一个无形的你在陪同我，
或者，有一个无形的你
为我所苦苦地追求和寻找。
我和它在一起，又获得
诗歌的力量，
我面向它，又感到生命的欢愉，

谁都将不再能辨认出我来
好像我已成了另一人
比从前高大
也比从前成熟。

我把你和我的诗句混在一起，
我把你放在每一本书中，
我同你分享一切快乐，
有痛苦也向你诉说，
你永远不会从我心上被擦掉
你与我的生命和呼吸同在。

四

我将永远记得那些诗行
那些诗行曾受你的检阅，
颂扬你的歌声也不会消失
它会愈来愈深沉，有如江河入大海，
它会愈来愈广阔，映照整个蓝天，
它的浪花要永远绕着你舞蹈，
它随你的呼吸起落，
有如潮汐跟随着月亮，
歌声将传到你去的地方。

五

永恒的春天，

我生命中不朽的星，

你站在我心上

因此每一思想你都参与，

你住在我的瞳仁中

因此每一视线都有你，

你照耀在我额顶

因此你充满天空和地上，

我不会失掉你

不会失掉你，

但我又必须离去，

在离去的时候我心中没有泪，

我的眼睛也不悲泣，

而只是更明亮，

更快乐，

看着我吧，你就看着我吧。

即使我到生命的最后一刻，

请你依然向我微笑。

1964 年 3 月 21 日

在　清　晨

在清晨，

在四月初，

我载着春天，

走向朝阳照射的山冈。

飞驰在郊野的大路，

带着欢欣去上学，

晨风吹拂我的胸膛，

春天伏在我的背上。

湖上有薄雾，

远山有从梦中刚醒过来的树，

在温暖的金波中

一切都像花朵在开放。

我的心，

也如花朵开放
把全部的芬芳
送给可爱的春。

1964 年 4 月 6 日

在 夜 晚

在夜晚，
我第一次把心失落，
虽然闯遍黑暗，
哪里也没有找着。

往北走，往南走，
橙色的火哪里有？
石头路，黄土路，
看不到黑色的柳！

那条巷深得很，
那道门难迈过，
除了白日再来，
对黑暗是无可奈何！

我真想砸碎这夜晚
一块块把它吞没。

　　　　1964 年 4 月 12 日，西门看守所

看 昙 花

开瓣吐蕊在夜间，
蓬勃发展大于莲。
白如冰，
香似兰。
取来灯下仔细看，
郁闷忧愁都驱散。

莫说昙花一现！
莫说暗中开放！
对无限宇宙，
人生也是暂短；
向四处探索，
太空也是黑暗。

1964 年 6 月 26 日，西门看守所

（收入《蔡其娇诗歌回廊·雾中汉水》）

海上乔木的颂歌

东山岛的刺桐树，

我遇见你是在十月。

那时候，海上正是多风的季节。

带沙的风有如散弹不停地射击。

路边的龙舌兰和仙人掌，

半埋在沙堆里。

光秃秃的砂岩上，

看不见草皮。

唯有你，高大的刺桐树

在广大的灰黄中展开一片绿色，

笼罩在屋顶，台阶，礁石，

给荒凉的海岛

带来生命蓬勃的气息。

面向无边的南海，

你，十丈的乔木

一株株并肩站立

如守门的金刚那样雄伟。

你顶端平整如盖，

全是一律向上的繁枝短节，

抚天拂云，层层碧绿。

中部粗大的树干，

有如巨大的青白珊瑚

曲屈兀突，奋迅凌空。

下面的粗干更加峥嵘，

光滑如同玉石，

淡黄中透出青色。

最低处的主干像蟠龙纠缠，

劲节似铁。

露出地面的粗根宛如走蛇

盘桓起伏，裂地穿石。

你是这样强悍俊秀

笑傲风雨，

仿佛是

在这最艰难的地方

你的生命也最顽强

形体特别壮美

这景象使我沉思……

啊，刺桐树！你在东南海滨

有一段辛酸的历史。

在你来到这海岛前就很有名
那是几百年前，在我故乡的城市。
史书说：残唐五代
泉州有个叛将
被封为晋江王
在驻地建一座王城
环城种了一圈刺桐。
随后，城市成了世界的大商港，
西方人航海而来，
称泉州为刺桐城
并载入马可·波罗的游记。
于是，到处传说你的盛名，
诗人们更把你赞美。
但后来，战争的破坏
海港淤塞了，城市沉默了，
你也从原来生长的地方完全消失了
好久以来我到处寻找你的踪迹。

今天，在这偏远地方发现你
使我感到十分惊奇！
人们告诉我：东山岛
既无河流，又无湖泊，
一年中有一半日子
是在大风中度过
又经常受台风袭击

树木很难生长

即使有低伏的灌木

向东北那面总是枝叶枯萎。

近来推广种植木麻黄

在农业地区组成一道道防护林带，

但在海边沙滩都被风吹折。

为什么，你高大的刺桐

在最突出的海岬礁岩上

却居然能这样雄健壮美？

一个老人启发了这个秘密。

他说：刺桐树

在东山岛已有三百年……

啊，眼前的刺桐呀，

你原来是不平凡的纪念的树！

三百年前，郑成功的部队

在东山岛最后一战，

主将点燃火药库

与入城的清兵同归于尽，

狂怒的清兵见人就杀，

见房就烧，见树就砍，

这里被夷为平地。

随后又实行野蛮的截界移民

东山岛只剩一片瓦砾。

被荒芜十七年后

人民归来
七月十四日至今被当作炊烟节
纪念那次的重建家园。
你被那漂泊归来的不屈人民
从我的故乡
带到当时这满目荒凉的无人岛上，
由于精心的照顾
才在这最艰苦的地方生根。
你的性格和外貌
象征着这土地和人民
你不是平常的树
你有惊心动魄的历史。

你才是真正的英雄树
因为种植你的是英雄的人民！
从十五世纪开始
这里的人民就建碉堡，列战阵
把入侵的倭寇杀得片甲不留。
十六世纪，葡萄牙舰队
在雾中的走马溪
闯入东山岛渔船布好的伏击圈
被生俘，被全歼。
十七世纪，荷兰人来犯
东山岛人民苦战八昼夜
焚毁他们的全部甲板舰。

郑成功失败后一百八十年

东山岛又三次击退英国的炮舰。

这些英勇事迹，只有在地方志中

才留下简略的几笔！

刺桐树呀，你是

伟大民族的英雄们的见证！

东山岛的刺桐树

我和你分别后，

并未看到你的全貌；

人们告诉我，在四月

你满树开红花，有如火伞烧空

在风烟笼罩中美丽胜于图画。

今天

在春去夏来的时候

我想念你……

　　　　　　1964 年 6 月，西门看守所

　　　　　　（收入《福建集》等）

鼓 山

人的道路和车辆的道路

在山下分开

在共同的目标会合。

当我走到

幽深的园林一般的山麓

不费思索便作了选择。

也许在这里

旧的胜过新的。

那载着凉亭的古老的石桥

那淙淙的流水声

那笼盖在高大树木下的

一层层宽阔的石磴

立即把我的心引向和平。

无限风光

就要从这里一级一级地上升。

阴沉的天气，
偶尔还有雨滴，
这是登山的绝好时辰。
空气是多么清新，
春天是多么欢腾。
在自然中
心得到又一次解放
几乎达到忘我之境。
周围只有深山传来采樵人的语声
以及无穷的寂静。
但是这些树，这些梯级，
这些让我们休息的路亭，
凡是值得一看的
都出自人们劳动的双手
因此到处都使我想到人，
要是没有人
自然是多么空虚，多么寂寞。

远古的群龙
在这里化成一株株苍松，
当我走到那石道上，
我感到它们好像要飞上天，
那绿色的爪子，那舞动的须
已攀住天上的云雾，
但它斑鳞的躯干却植根土中

不愿意离开大地——
它们也留恋人间
像你我一样。

苍松也会死亡，
字迹也会泯灭，
只有岩石，山脉，
这旧的和新的道路
还要很久很久留下痕迹。
也有人
把思想铭刻在石头上
企图不朽，
时代已有极大变迁，
石上的语言却和先前一样，
那过时的教训
在今天看来是特别愚蠢。

攀上一座短松冈，
在没有路的地方有一堆岩石，
春天在这上面，
使智慧黯然失色，
光明和美丽
照耀在山巅。

宏大而庄严的寺庙，

台阶，花草，

殿堂，塑像，

这里曾经是古人的文化宫和公园吗？

这里曾经是人们谈情说爱的地方吗？

它们又将仍旧为现在和未来的人

作同样的服务吗？

一切旧的和新的宗教

都像波浪一样此起彼伏

也都转瞬即逝，

唯有对自由和爱情的渴望

历万代而不衰。

看不见的空气

每一分钟都在创造生命。

看得见的云雾

每一分钟都在走向消失。

无形的事物

常常比有形的东西更宝贵。

兴盛的会趋于衰亡，

不被注意的却日渐强大。

山谷的风

在无望的痛苦里

一次又一次地在枝叶间彷徨，

我听见它用悄悄的耳语

向我述说古老的故事。

一个幻想

燃烧着，锻炼着

在我心里。

雪一般的山梨花

在铺石的山道旁高悬着。

火一般的杜鹃花

在沟的那一边隐藏着。

我愿意用山花的清香

拭去你心头的忧伤。

我愿意用山花的艳色

点染你郁悒的目光。

我愿意用歌声

问候你……

但是山花已被遗忘在泉旁，

歌也在囚禁中。

1964 年 7 月，西门看守所

（收入《双虹》等）

福　州

城市现在正被炎热笼罩着。
我可以想见
人们怎样急急忙忙避着阳光
躲向为数不多的阴影。
净洁的天空没有一丝云，
大地冒着看得见的烟焰，
马路都软了，
午间死般寂静，
只有东南来的风
在最高的树梢游荡。

当夜晚来到，
人们都涌到街上，
整个城市像一座夜的公园
拥挤着人群的公园
手上是扇子

脚下是拖鞋

灯光明亮的地方还感到一片灼热，

去喝一杯冰冻的汽水吧，

去到那开阔的马路

或是临水的岸边，

虽然那里有些黑暗

但却凉爽。

你耸立着三座小山

又为高大的群峰包围着

炎热的山城啊！

你从前也是河港纵横的水城吗？

海潮也进入你的腹地吗？

但现在海已和你疏远了，

在这里人们很少想到海，

而我是多么渴望着

傍晚的海风啊！

那使人感到心舒体适的

温柔的海风啊！

很小的时候

我就从姑母那里听到你的名字，

知道你一些特产

和妇女怎样装饰。

后来我又知道

你产生无数的大小官僚
以及警察和衙役
从你那里受命的军阀和土匪
在我的故乡横行一时，
我憎恨你。

当我来到你这城市
我不习惯那喧嚣的人声
和起劲的谈论。
那些拥挤的木屋
要倒未倒的木屋
用木柱顶着
阻拦行人。
小巷里的人家经常关着门，
到处遇见使人愤怒的冷漠，
亲密的招呼
也用生疏的白眼。

但是，我不应该轻视你；
城市也同人一样
都有自己发展的道路，
都有庸俗的一面和高尚的一面；
你曾产生过英雄的人物，
也养育过学者，
古老的木屋

居住过女诗人。
我还没有真正认识你，
这是我不对。

年复一年在你这里生活，
我走过栽白玉兰的柏油路，
也走过发着响声的铺石的小巷，
被早晨的薄雾濡湿，
被夜晚的凉风吹拂，
为扑鼻的花香
和如银片铺在地上的月光所感动，
熟悉你的居民，你的气候，
爱上你的轻盈灿烂，
从此，我的眼睛带上你的温情
来观察新发现的一切。

春天在街上踽踽而行
我用深情的注视招呼；
晚会上听到银铃似的笑声
我的心在洪流中洗过；
巨大的柳叶桉耸立水边
风吹湖面有如缓慢的旋律；
蝴蝶就像会燃烧的点滴阳光
闪烁在花丛。

一个晴朗的早晨，
薄雾飘在湖上和山边，
柚子花芳香醉人，
到处是清凉的阴影，
花坛盛开着满天星，
在郊野的阳光中
春天不慌不忙地走着
我的心就是光洁的地板
承受这样的舞步。

如今我对着夏天最后的蔷薇
想起不久前的往事，
青春和白发
永垂不朽的芬芳
愤怒和希望
以及需要战胜的寂寞。
我思念你，
你有如大气般透明，
你并不胆怯，
请告诉我，
人和大地的生活
依旧是那样吗？

1964 年 7 月，西门看守所

（收入《双虹》等）

南方来信

这里是越南南方
面对伟大斗争。
这里是社会主义南端的边境
在太平洋白浪的吹打中
正在经历风雨的黎明。
田野上飘扬燃烧的烟云，
森林里发出震耳的杀声，
一方是弓箭、土枪、陷阱，
一方是大炮、直升机、水陆两用坦克，
人民不怕装有核牙齿的野兽
决心捍卫神圣的自由，
这里正进行一场决定世界命运的战争。

那些穿着皮靴践踏我们国土的侵略者，
那些美元豢养的叛徒和走狗
还有帮凶蒋介石匪徒，

他们联结起来

妄想以空前残酷的屠杀

抵挡革命的潮流。

他们在街上公开喝

从孩子腹腔中刚取出的胆汁

发出刺痛人心的笑声。

他们研究

人肉的各种烹调法

在上教堂之前先吃一份炒人肝。

他们把南越变成屠宰场，

超过中世纪的黑暗。

天上的飞机和地上的军队

把成吨的化学毒药

撒落农田、菜蔬、盐巴和水井，

他们不仅想杀害我们的今天

还要绝灭我们的明天。

而这一切暴行，总的名字叫

特种战争。

必须给暴行以响亮的回答。

必须以战争消灭战争。

为了永恒的和平

不惜付出任何牺牲。

人民的子弟未成年就上前线，

母亲嘴上露笑容，眼里噙着泪。

在收割后的稻田上，民兵迎击敌人
战斗常常从清早打到黑夜。
在通往山谷的路上
布下石雷、弓弩、蒺藜，
把胆战心惊的敌兵
赶向尖桩坑。
城市的广场挤满远途而来的妇女
带着饭团参加斗争，
街道风云滚滚
热血奔腾。
这是血火漫天的考验的年代。
在这苦难而又英勇的土地上
黑夜升起焚毁碉堡的火光
白天飞扬全民抵抗的烟尘。

这斗争绝不仅是为了自己，
这斗争要给全世界证明
挥舞核武器的狂人
不是不可以战胜。
因此，这里的陷阱最人道
它的每一根尖桩
都能回答
什么是人性；
它每刺穿一个敌人
都给剥削者增加一分黑暗

给人民增加一分光明。

有人在坐视

杀人的强盗横行，

有人在掩耳

不听人民的呼声，

双手插在口袋里

还埋怨被压迫者抗争

这样的人

绝不是自己人。

兄弟们！姐妹们！

不要看不见鲜血在日夜流淌，

不要忘记世界的这一角在战争。

1964 年 9 月 28 日，西门

非　洲

热带的非洲！

黑色的非洲！

我们是同命运共患难的朋友。

在欧洲人来到以前

称和亚洲

就已亲密来往。

那时候，你出产漂亮的象牙

和丰富的黄金，

你有发达的手工业。

从印度、阿拉伯、波斯和中国

各式的商船来到你的海岸

运来布匹、珠宝和中国瓷器。

那时候，伟大的航海家郑和

率领船队访问过你

这事距今不过五百年

那时，西方还不知道你

热带的非洲！

直到四百年前，欧洲武装的船只
声明要找通往印度的路
其实是垂涎你的黄金和象牙
用使臣、商行、碉堡霸占你。
后来，他们发现了
一本万利的买卖
那就是奴隶的掠夺
在夜间，包围沉睡的村庄
绑走每一个强壮的人
送往新发现的美洲
使非洲空虚
让海盗和种植园主发财，
资本主义的累积从这里开始
西方资产阶级的童年
是用你的鲜血喂养。

四百年来
在远隔重洋的不同战场上
我们曾一起
维护人类的尊严和正义。
鼓声震荡在亚洲稻田，
弓箭飞舞在非洲丛林，
我们的敌人是一个——

当中国的太平军用大刀
打败威风一时的戈登洋枪队，
而苏丹的战士接着用标枪
把这个卑鄙的冒险家
刺死。

今天，我们又成了
亲密的战友。
中国人民推翻帝国主义的统治，
钻石的非洲
变成了铁拳的非洲。
从斗争中我们明白
以武力对武力
这是帝国主义
唯一懂得的语言。
安哥拉解放军
端着冲锋枪
在草原前进；
刚果游击队，高举卢蒙巴的旗帜
杀得敌军闻风逃命。
不管敌人穿什么服装
戴什么符号，
用的全都是
美国的武器
保卫的也是

美国资本的企业

扮演的

也是美国走狗的角色。

我们的斗争已不再被大洋隔开了

我们最凶恶的敌人依然是一个，

我们永远是

同命运共患难的

同志和战友，

啊，黑色的非洲！

啊，热带的非洲！

1964 年 10 月 16 日，西门

秋　阳

秋日的阳光来到我的窗上，
它是那样苍白，那样雪亮。

阳光呀，你为什么跳动，
是因为欢喜，还是因为悲伤！

你给我带来的是什么消息：
是关于收割后的田野一片空旷，

是关于干燥的道路有风在吹，
或是关于孩子充满幻想的眼睛向云天瞭望？

还未回答你就走了，
什么事情使得你来去都这么匆忙！

你一消失，窗就暗了，
我的心又重新感到彷徨。

1964 年 10 月，西门

立　冬

干燥的地上到处都有落叶
柳树已涂满可爱的金黄色，
南移的太阳比以前更亲切，
它以一线斜光射入室里，
告诉我关于冬天到来的消息。

1964 年 11 月，西门

泪　珠

细雨无声沾湿你的衣裳，
第一次的眼泪滴落在我心上。

虽有无边的黑暗笼盖四野，
但所有的道路都引向光亮。

让我的心为你张开雨伞，
也让你的泪珠化作我的灯光。

1964 年

（收入《双虹》等）

风和山谷里的春天

无人的幽谷，寂静是那么深沉，
唯有风，游动在茂树密林。
风比羽毛还轻柔；风闲谈，风歌唱，
风在寻找这山谷里的知心。
风吹抚枝干，风吹抚嫩叶
风埋头吻那绿草的细根。

深涧里的树寂静，
高台上的风欢欣；
大自然就是这样奇妙，
它一半火热，一半冰冷。

1964 年

（收入《双虹》等）

梨 园 戏

这一切都是
令人伤心的古老的历史：
无限执着的爱情
往往得到
非常悲惨的结局。

在患难中邂逅而一往情深，
为礼教束缚却又事与愿违；
纵使有万语千言要诉说，
最后还是把流血的心
埋藏在黑暗里。

人情冷暖，世态炎凉，
甚至是骨肉至亲
也难望得到些少的支持；
短促的欢乐，太多的迫害，

为一点痴情而永远颠沛流离。

有如寒风吹灭暗夜的孤星，
反抗的火花
常常为苦难所窒息。
爱情是多么光辉，
而幸福又多么难期！

虽然也有忠义之歌，
但在慷慨激昂之中
又有多少痛苦的泪滴！
在正义得到胜利的背后，
其实是奸雄在横行一时。

那低沉压抑的鼓声，
正说明心头有无限郁悒；
哀怨的横笛，
凄凉的洞箫，
声声都是晚风在悲咽。

什么时候能老树抽新枝
成长为故乡欢乐与斗争的诗？
什么时候心头深藏的渴望
会萌发出
饱含新生命的健壮绿叶？

什么时候那含笑的花朵

能鲜明地开放在迷人的乐曲里?

什么时候眼泪落入烈火中焚化

让眸子

永远叙述快乐而美好的故事?

1964 年

（收入《福建集》等）

夜

湖上雨后的夜晚温柔而神秘，

低空静悬着黑色的天鹅绒，

水面灯光照射薄雾宛如梦幻，

湿漉漉的空气，

沉默的水，

寂寞那么深，

黑暗好像在无声无息中缓慢地浓重。

在一片幽暗中睁着几点不动的光亮，

犹如渔火在朦胧的江上，

油灯在深谷孤独的村落，

停在草上的流萤，

一瞬不眤的林中野兽的眼睛，

在沉思默想的子夜

荆棘中燃烧的心。

桥上高擎群灯的花圈

和一线橙色、蓝色的宝石，

描绘出胜利日子的欢笑

酒杯上的红唇，

喜庆宴会上的蜡烛，

旗帜上的金星，

还有衬托着暗绿色的鲜花

黄昏池边的罂粟，

雨夜庭院的秋葵，

阴晦天气原野上的兰铃，

都是迷惑人心的在热情中的瞳仁。

烘托这一切的是闪亮的水，

夜在这里有如垂到脚踝的黑发，

掩映着青铜色的肩膀，

裸露的胸，

光洁的肌肤，

恍惚的目光，

是对生活火热的爱的凝视。

深远地方一片海港上空诞生中的黎明，

那里留有高楼大厦的电光

掺杂着靛蓝的曙色

和战栗的晨星，

万有都为即将到来的幸福屏息，

心头在鼓动着、燃烧着
一个渴望，一个幻想。

寂静在用奇妙的耳语
讲着不声不响的一段心事，
迷乱的目光注视面影
像梦里一样相对无言，
胸中有暗藏的快乐，
千百次的黯然相思，
持久的梦，
难诉的秘密，
都在这一刻得到解放。

1964 年

（收入《双虹》等）

感　　激

照着彩色灯火的湖，
有晚风奏着温润的歌；
在许多人影中
我只看见你一个。

消失了一切忧虑，
只因你一声招呼；
还有你焕发的姿态
好比一支橙色的火。

这神圣的瞬间
突然唤醒了我：
我生活过，
但没有完全领悟。

以往的一切

现在都可以不算数，

我要重新寻找那唯一的语言

为生活高歌。

1964 年

（收入《双虹》等）

二 月

今天我要异常地温柔
把最好的消息告诉朋友，
快发出嫩绿色的叶子吧
你的季节已在招手。

这是雨中的青苔告诉我
它出现在淋湿的墙头，
那充满生机的大片翠绿
是春天来到的确切征候。

抚摸脸颊的风的手指
已是非常的温暖柔和；
喉管吸入湿润的气流
好比畅饮最醇的美酒。

记得不久前的晴日

蝴蝶曾拜访我的窗口，

那是它啜饮将凋的蜡梅，

此刻它又停息在哪一片山坡？

我想湖边含苞的桃枝

必在梦中看见了盛游

因此它急忙地准备繁花

绿意迅速涌上枝头。

那郊外翻耕了的田野

有雀鸟成群在那里欢跃；

漂浮着寂静的群山啊

也在招展一幅淡绿的丝绸。

应该到四野去看春色了

我的与春天结不解缘的朋友，

在这一个属于你的季节中

将唱出什么样的生命之歌啊！

1964 年

（收入《双虹》等）

曲　　巷

走上秘密的道路，转入
古老城市的寂静的小巷，
无穷的曲折，曲折
而又悠长，
这好比是梦中
同最美的理想
散步在天堂。

轻轻地飘过
黑影和白墙，
像诗一样产生无数想象，
插上翅膀在飞翔，飞翔，
心头不知不觉中又有
那金色的希望。

沉默里，

嗅到灵魂的芬芳，

听到心潮的汹涌，

看到信任的目光，那目光

像星一样

也像花一样。

仿佛已经成了一体

摩肩又擦踵，

心连在一起

步伐相同

缓慢，轻声

在静寂里，在石板路上。

在步声的歌曲中

相知的情意更深更浓

纵使有千言万语

也难把这时所有的

彻心彻肺的感激说出

哪怕是无边大海一小捧。

走上秘密的道路，转入

古老城市的寂静的小巷，

无穷的曲折，曲折

而又悠长，

这好比是在梦中

同最美的理想
散步在天堂。

1964 年

（收入《双虹》等）

春天的眼睛

无限光明的水波

照耀在春山之麓，

浮花瓣，映彩霞

抛浪花，吹泡沫。

因为心灵有无比光辉

才银子般沁凉，宝石般闪灼。

从纯朴的友爱中起程

走向人世间宽广的路，你应是

快乐的摇篮，悲伤的坟墓

有泪，也要等到幸福时刻才迸流——

把积蓄下来的所有感情

倾泻为欢乐的瀑布！

1964 年

（收入《双虹》等）

213

赠　　别

夕阳的颜色以秋天最好，
当它流水般荡漾在草地，
当它照亮隔湖光明的雨滴，
当它涂染高空急飞的雁翅。
它给诗稿留下金色数行，
它给眼眸添上辉煌的泪。
不要恨它的余光即将消失，
月亮又在天上再接相思。

1964 年

（收入《双虹》等）

期　望

那冷落的样子多么相似：
终月如初月挂在天边；
还在疑心它是否与夕照相亲，
谁能相信它将堕入欲曙的天。
在江河之上它最为别致，
诗人要形容它非常困难。
无心去想到它的残缺，
屈指在期望它的圆满。

1964 年

（收入《双虹》等）

九日山①头眺望

泉州城，在丽日的风烟中

有如一只靠岸太久的船

渊默而有所思索。

它睁眼看着，那大海的波光

闪射在苍茫的远方

频繁地送来了万千诱惑。

楼房的波涛，连接着

群山的波涛，

中间的几支烟囱

已在升燃出发前的焰火。

可是那水上长箫

那横跨在浪潮之上的长桥

什么时候，才能

---

　　①　九日山在泉州城附近，傍金鸡桥旧址，是古代远洋出海前的祈风地。唐、宋、元、明，外国商船来往，地方在此设宴招待，留有题咏在石刻上。

伴唱远航的歌？

驱赶海云的

浩荡的天风啊，

为召集水手

快吹出海螺的音调，就当作

即将到来的盛日，一曲前所未有的

惊动四海的前奏吧！

1964 年

（首发于《福建文学》1979 年第 2 期，后收入《福建集》等）

东西塔的歌

我们既为观看而生，
又负有责任探询光明。
我们看见泉州的风帆走向世界，
载去丝绸和瓷器把西方惊醒。
我们看见海盗的刀光环城闪烁，
如霞似锦的刺桐被砍伐尽净。
看见侵略者带来的黑夜
也看见红旗带来的黎明。
时间虽在我们身上浇了青铜
永葆青春的心却日益晶莹，
因为造成我们的
是怀抱伟大理想的人民。
我们作为故乡富强的心愿，
作为海港的树，城市的花，
给远行人立下爱情的标志，
向四方朋友致衷心的欢迎。

朝霞映红我们的脸，

闪闪发光有如明镜，

我们微笑着

和远来的云彩握手，

和新时代谈心，

为了中国人民航向大洋的愿望

几百年在心头燃烧

我们渴望永生。

1964 年

（收入《福建集》等）

泉　州

背山临水的城市

自古以来，你就享有远播的名声。

从人类航海的黎明时期

越过漫长的中世纪

你一直是世界海洋的一个中心。

谁不称善你的船只

谁不崇拜你带去的指南针？

缠着头巾的波斯人

面目黧黑的印度人

运来胡椒、珠玉、宝石，

乳香、没药、檀木、蔷薇水，

菠菜的种子

梵文的佛经。

中古的基督教来这里传布，

留下他们的墓地和碑文。

阿拉伯人来这里定居，

开设店铺，形成街市，

盖起礼拜堂，

至今还留有改了姓氏的子孙。

因为仰慕你的富裕，你的文化，

哥伦布才航海探险，为的是寻找你呀！

但是，后来

带刀的兵将一再将你横踏。

杀伐和破坏

异族的入侵

海寇的屡次洗劫

频繁的征战和角逐

再加上

昏庸无能的统治者

极其残暴的强迫迁移

和愚蠢无比的海禁，

你的海岸满目荒凉

你的城市遍地瓦砾。

于是沉静、时间和风雨

使你失去了原来的芬芳和颜色

除了两座塔，你什么也不剩。

消失了你的蚕桑。

不见了你的纺织姑娘。

瓷器的碎片塞满江河。

陶窑的青烟也变淡变小。
冶炼炉早已熄灭。
造船匠也走向四方。
那些沉默寡言的
水手的后代
驾着风帆走向南洋，
在热带的森林里
淘锡沙，割橡胶，
在数不清的群岛上
延续你的光荣，
把你赋予的神秘力量和才能
转变成开拓者的灵魂
以深沉的爱
建设海外的第二故乡。

难道历史就到这里
不再发展了吗？
难道时间火热的呼吸
在你上面留下的痕迹
会被风雨洗刷得一干二净吗？
肥沃的土地培育高大的树木
发达的文化产生俊美的人物，
我的城市啊！
你的任务未完成
你的道路还很长。

传说中开放白莲的千年桑树

今天还是非常葱郁，非常强壮；

于是在梦中我又看见它

开的却是红莲花。

我看见：

昔日那漂洋过海的出发地，

现在是游子归来的新家乡。

人民在围垦海滩，

修浚海港。

出现无数新的道路，

新的楼房。

在城中；在四郊

丛生瓦菲的屋檐，

梅雨季节长着青苔的土墙，

为芬芳的绿荫所环抱，

从其中伸出如网的天线，

红色的玫瑰

在每一家的庭院开放。

古老树林的夜色，

一天星斗在闪烁摇动；

从小巷，从乡村

传来演奏的南音，

轻柔得如流水行云，

其中也有激昂的歌声，

唱新的建设、新的爱情。

人民心中有个宏伟的志愿，

要重新兴起海港城市，

让林立的烟囱陪伴石塔，

让夜晚的合欢看得见满海渔火，

也让新的船只

重在三大洋上纵横。

1964 年

（收入《福建集》等）

1932 年的园坂

高处是沙质的旱田，

低处是成林的龙眼树，

丘陵下——贫穷的村庄。

忧郁的黑瓦，

哀伤的红砖，

白日里只有深沉的感叹！

独有一棵百年榕树

把天空染成绿色

给人带来一片希望。

1964 年

（收入《福建集》等）

新 桥 溪

从前的三洲埋在白沙下面，
江中的蒲草也都不见，
两座桥已断了一座，
唯有浩荡的溪水没有改变。
虽然年华逝去，
它并无半点伤感；
而未来到底怎样，
它也不作空想，
只是欢笑着流向大海
去迎接天外的白帆。

1964 年

（收入《福建集》等）

红　甲　吹

如此甜蜜而又华丽
闽南民间喜庆的音乐：
那铜钲缓慢的敲击
吹起阵阵欢乐的风声，
那唢呐急转的吹奏
传来早晨林中百鸟的交鸣。

于是我又回到孩童时候
用喜悦的眼睛看这一场景：
到处悬挂着鲜红锦绣的帐幔，
长长的杉木板铺在天井，
吉祥的歌句，飞扬的粟粒，
还有新娘衣裙的悉悉声。

记忆中的故乡全出现了
带着它的色彩和它的风情：

扁担挑着雕镂涂金的漆篮，
戴花的妇女芬芳袭人，
稻田荡漾着明亮的气流，
蜜蜂身上沾满金黄的花粉。

这好比是收藏已久的玫瑰，
水分消失了，可香味长存。

1964 年

（收入《福建集》等）

侨乡的歌

鸿雁远征千里外

也有归来的时节，

骏马离开原来的群

为思恋，也不免时时回首——

啊，海外旅人的故乡

谁能够看见你而不记得

那龙眼树盖满的山丘

那黄土路边小小的园圃

那耸立水田边的

一栋栋红砖的高楼

都饱含着离人的眼泪

和游子的乡愁！

啊，生我育我的村庄

谁又能够看见你而不感到

在满月玲珑的街上

孤单女人的彷徨

一双双木屐，到深夜
犹在石头铺就的道上拍响
而同时，老人独坐门庭
让心飞过海上的波浪。
一线相思挂两地，
年年月月计归期！
不同的时代，一样的相思；
而最深沉的
尤其是在
充满希望的今日。

1964 年

（收入《福建集》等）

笑　声

从前我只是模糊地认识你：
看见你刘海掩着青白的额
照射出月亮的清辉，
看见你卧蚕下乌黑凤眼
隐约有飞翔的海水，
可是在你唇边
却有淡淡哀愁，
是有什么阴霾迷雾
还是仅仅有些不如意？

从前你在我心目中是纤长，细致，
有如一尊名贵的古瓷，
上面描绘着霜雪蜡梅
挺立高处冷光逼人，
说不定还有不小的脾气
在生活中有如冰风雪水。

现在你的一阵笑声惊醒了我
看出你有崭新的品质
当我正为沉闷的马戏感到难过
丑角出现，你发出不绝笑声
美丽有如歌唱。

这时你的风采动人
我感到熏风在你呼吸中出没
暖流在你牙齿间翻腾
阳光中鸽子飞旋
草原上马驹驰骋
风中旗帜拍响
雨中嫩枝摇震……
带着这样的笑声上路
一生都会无限光明。

1964 年

（收入《倾诉》等）

问

面对褪色的蔷薇洒惜别的泪，
忧伤里回过头询问夕阳：
为什么你不管相思的人已老，
天天都这么容易就下西墙！

（1964 年）

白云对青苗说

因为风而想起遥远的路，
哪能够老是在这里彷徨！
如果化雨为你所需要，
我愿意下来帮助你成长。

（1964 年）

⊙ **1965 年**

久雨初晴

阳光照在新叶上有如灿烂的黄金，
阳光照在雨珠上有如耀眼的白银，
阳光使青苔燃烧，使湿土发亮，
使小草焕发着欢乐新鲜的光明，
阳光给我带来春天的音讯、春天的感情，
春天已在雨后来临。

1965 年 3 月

春　雷

起初像隐隐的炮声，
后来像隆隆的车轮，
从东到西，从西到东，
一遍又一遍在云间奔走，
在天空耕耘。
稀疏而又粗重的雨滴落下来，
扬起一阵阵尘土的气息和春草的气息！
电光又带来猛烈的骤雨，
沉默已久的檐溜又唱起激情的歌，
春水又在滋润一切苏醒的生命。

1965 年 3 月

◉ **1966 年**

斜 坡 上

黄昏星早已消逝，

初月也不知何时沉落西天，

大地是这样黑暗，

唯有斜坡上的你

在我心中如朝霞般明亮，

周围仿佛是春天花树下的草地，

流动着金银交辉的阳光。

我根本不感到夜的存在，

面前展开壮丽的山川

翠绿的树林

镶着红花的大道

以及浑身雪白的你

面对着我

说出勇敢的话。

1966 年 3 月 14 日

探 照 灯 下

相思树丛

一片宁静安详。

上面有探照灯光织成的

灿烂辉煌的冠冕；

一颗幸福的气球

就悬在我们头上。

不要忧愁，不要恐惧，

一切都会逐渐好转，

相信生活的逻辑吧，

在苦难之后必定有快乐来临；

人类的知识早已告诉我，

黑夜之后就是黎明。

当你把眼睛抬起来，

对这点我更加确信。

1966 年 3 月 21 日

月　路

血红的月亮，

迟迟从云头露出，

我们看着它冉冉上升。

它在水上为我们铺开黄金的路，

可去寻找时

它却已经断了。

不要悲伤，不要怨恨！

失败是胜利的先声，

挫折使心更坚定。

只要对自己有信心，

受到伤害也不胆怯，

生活会向你敞开大门。

1966 年 3 月 28 日

无题·春天

一

春天为什么这样凋零？
希望消逝，
水在呜咽。

迫害教给你
怎样一个秘密？
战栗和恨
轮番出现在红唇！

难道再也没有路
四围是深渊和寂静？
回忆永远是美丽的，
但要做了才有回忆，

生活吧，直到死亡来临。

二

女友！我对你说：
不要信赖常识和议论！
把目光注视前面，
远方诱人太甚！

让生活永远是波涛汹涌的大海，
不要太早希望牢固的陆地。

坚定地向前走去，
永远不再回头，
从天边向我们致意的
有痛苦，失败，狂欢！

三

向前定的轨道走去
黑暗与你有什么相干？

掉以轻心地绕过，越过时代
一切哀苦对你生疏而遥远。

你的意义属于最远的未来，
妥协对你是莫大伤害。

只有一个格言对你有用：
要勇敢！

1966 年

（收入《迎风》等）

附：

无题·春天

一

春天为什么这样凋零？
希望消逝，
水在呜咽。

迫害教给你
怎样一个秘密？
难道再也没有路
四周是深渊和寂静？

回忆永远是美丽的
但要做了才有回忆，
生活吧，直到死亡来临。

二

不要信赖常识和议论！
把目光注视前面
远方诱人太甚！

让生活永远是波涛汹涌的大海，
不要太早希望牢固的陆地。

坚定地向前走去
从天边向我们致意的
有痛苦，失败，狂欢！

三

向前定的轨道走去
黑暗与你有什么相干？

掉以轻心地绕过，越过时代
一切哀苦对你生疏而冷淡。

只有一个格言对你有用：
要勇敢！

1966 年

（收入《蔡其矫诗歌回廊·风中玫瑰》）

雾雨的晚上

时间虽然已隔两年，

笑声却依旧爽朗。

神秘的曲巷也没改变

依旧是赤诚的心

歌唱在残冬雾雨的晚上。

依旧是唇边笑痕

把寒冷驱散

展开明媚的春天。

一把油纸伞，漫行到深巷

依旧是到门前说一声：祝你晚安！

1966 年

（收入《倾诉》）

遗 失

仿佛活的象牙

比嫩草柔软

比白雪宁静

其中响动着

世界上最微妙的心声——

如果不是一声叹息

也必是一阵惊慌

只留存花瓣的芬芳

却遗失了

花枝照耀着的

美丽的晴空

1966 年

（收入《倾诉》）

梦 中 得

好像大海
在边岸卷起波澜
筑成一道道白色的栅栏,
不让我侵入
那导致毁灭的地方。

1966 年

(收入《倾诉》)

爱情诗八首

一

春天，这两字包含着多少思念，
痛苦和无法表达的亲切

你是在寒冷时候来到我这儿，
春天啊，
你带给我
你的温暖和光明
带来了，
最芬芳的花，
澄清明亮的泉水。
世界上最迷人的眼睛，
你望着我，洋溢着觉悟的关切。
你的出现有如曙光。

你带来了最明朗的欢笑，
好比鼓荡无边的风，
这灿笑，有吹溶旧叶的力量，
又催促新芽成长。

跟你一起散步，
比跳舞还好！
如果爱上了谁，
就始终不渝。

我到处去寻找你的门槛，
也许这成了我终身的愿望，
将忧伤和秘密在心中隐藏……
你是我生命的全部欢乐。

把你的耳朵贴我的心，
它的每一搏动都呼唤你的名，
因为爱而瘦削，
而变得更年轻。

你是一切光明中
最灿烂最温柔的朝阳
我把脸朝向你
承受你有如沐浴

我没有看见过比你更亲切的笑，

比你更纯朴的语言，

更温柔的手，

我没有看见比你更善良的心

你的纯洁有如通体光明

永恒的春天

自然中最自由最光明，

谁不拜倒在你的脚下！

把全部感情奉献给你，

得到你的顾盼，

就是生活中最大幸福。

（1961 年）

二

微笑起来是这样温柔细腻，

仿佛古代象牙上的光泽，

又仿佛是十五月亮，

照在一本展开的书上。

有如火热的嘴唇，

渴望狂饮的清凉的泉流。

有如明亮的火光，

引热情的飞蛾勇敢投进。

（1961 年）

三

也许一切的不幸都由我造成，

也许我最该咒诅的恶魔，

在纯洁的灵魂里，

烧起可怕的火。

我清楚你在害怕，

你不自信。

"我要念书给你听"。

你立刻点头。

为什么当我说：

我要继续给你写诗。

你凝视？只有当我坚持说：

这是我唯一宝贵的东西。

你才微微地

有点勉强似的点头。

为什么？我猜不透。

（1962 年）

四

指尖，嘴唇，多么年轻，多么好，

椭圆形脸蛋，

镶银的小镜子，

上面有阳光照着，

月下夜来香的芬芳

春天是这样新鲜、可爱

看到你，就像看到美和生命

我抚摸你的手，

心里感到愉快，

你有温和的性格，

能容纳奔向你的一切，

我愿意是你的叹息，

是你垂到腰肢的青丝，

你有一颗想望的心，

但不知向往哪里，

你充满了我的思想，

几乎没有别的空隙，

你有如春天寂静的微笑，

火焰、喜悦、沉醉。

（1962 年）

五

怀着惆怅的心彷徨旷野，
忽然发现一朵美丽的花；
围绕在荆刺的丛中，
一朵神志傲然的野花。

它小小的眼睛向我注视，
"一颗地上的星！"我赞美它。
但所有的荆棘都向我威吓，
我又不敢近它。

不但荆棘围绕在它身旁，
旷野上的风也在嘲弄。
我是应该走近它呢，
还是赶快离去？

在风中我长久地观望，
心在又感到寂寞忧伤。
在包围中它是不是需要拯救？
到现在还是决心难下！

（1963 年 11 月 4 日）

六

她的微笑带着羞涩，
如雪后春天的田野。

在她的容颜里，
有一座永远是春天的花园。

生命在那嘴唇上，眼睛里，
在那善于传情的指尖。

……让我们呼吸，让我们互相抚摸，
那接触是动心的，我需要忘却……

（1962 年）

七

你浮现在我心上，
澄明如同照耀日光的花
有轻纱笼罩你背后的山川。
你覆盖卷发的微俯的额顶，
缘花须覆盖花蕊，
无言的眼神清如泉水。

光明笼罩着她，青春笼罩着她，

坚决的红唇，温柔的细颈，

瘦小的身材包含无限精力，

她应该飞到前线，飞到工地。

额上那几卷发，

说明跃动的生命，

两眼有光，深情注视，

每一次的瞥视都是锋利的。

一支发辫在背后，一支发辫挂落肩上。

新的女神，

今天诗人膜拜在你的脚下。

1962 年

八

你是为了我受伤的心而升起的黎明，

初生的黎明，温柔无比的黎明。

你的美，为我启示生命的意义，

指引我去窥探永恒的秘密。

在我身上熄灭了的东西，

你又把它重新燃起。

在我破碎的灵魂中，
你织起希望的旗帜。

悲哀曾窒息我的心，
你为我驱散阴影，歌唱欢乐。

你步态轻盈，
像风掠过水上。

不论你行动或说话，
都有远笛回响的韵律。

你是我的春天，我的光明，
我的自由舒畅的心。

你的美，只有我一人领悟，
我愿意在你楚楚动人的身边生活。

但为了你的神圣，
我自身也要一尘不染。

帮助我摆脱我的忧愁，
我的现状不能忍受。

你使我感到生的欢喜，
你滋润我枯竭的意志。

把你的热力灌输到我的心里，
我将继续为你歌唱。

在这茫茫的世界上，
只有你住在我心房。

我不能忍受冷落，也不能忍受松懈，
唯有你能使我热烈紧张。

1966 年

[选自福建省文联《批判文艺黑线》编写组编印的
《蔡其矫"三反"罪行》第三辑（1967 年 9 月）]

⊙ **1967 年**

遗失的节日

暮春的夜，是令人万分焦灼

而终于彻底失望的夜。

街上的人流

灯光下照耀的大字报前闪烁的眼睛

夜色朦胧中每一个迎面和背向的身影

都只给人带来空虚和遗失的心。

从田野到小山，

从大道到细径，

一遍又一遍车轮的沙沙声

唱的都是孤苦伶仃的歌。

已经是太迟了，

敞开的门终于关闭，

窗里灯下坐着一围开会的人

有谁知道殷切的目光

和战栗的嘴唇？

暮春的夜，是不眠和等待的长夜。

薄雾的早晨。追随在汽车后面，
也许有不期的相遇！
迎面又是南来的班车，
想必仅仅错过几分钟！
转向素来清新的坎坷的小路，
也许经常的踽踽独步可再遇到！
一切道路都已走遍，
又怕是病弱的小花今天幽闭！

又是黑夜到来。
和老朋友相对也心驰别处
竟至于答非所问！
计算着时间
从北到南又从南到北
终于在大庭广众之中看见了
却噤然无声！
也未曾多看一眼，
只把希望寄托明天。

再一个炎热的早晨，
奔驰所有的菜市，寻找稀有之物。
也无心于日常的应酬，
只等待不期然出现的步声。

丰盛的桌上多么茫然，

又在设想大街上的邂逅。

一天又一天的寻求，一次又一次的

空等。

难道是与节日永远无缘？

1967 年 4 月 30 日

寂　　寞

暮春的夜，是令人焦灼万分
而终于彻底失望的夜。
街上人流车河
灯光照耀的大字报前的眼睛
夜色中迎面和背向的身影
都只给人带来冰冷
轮声也只唱孤苦伶仃。
屋内坐着一围开会的人
有谁能感知遗失的心
和战栗的嘴唇？
暮春的夜，是不眠和寂寞的长夜。

1967 年

（收入《蔡其矫诗选》）

⊙ **1969 年**

长　虹

在一场大雨带来的短暂的洪水之后，

在晚晴和剩雨之间，

从南到北，

你横亘在整个黄昏的天空，

多少人怀着喜悦向你仰望。

你最早把太阳的颜色分析出来，

又给人以最美丽的幻想

希望你是一条路把我们带上天空。

长虹呀！虽然你是无声的，

但我听到你欢乐的歌。

当你消逝之后，

对万物衷心的赞扬，

西天再展开的众多宝石般的彩云，

再次把生活的颂歌高唱。

1969 年 5 月 23 日

萤 火 虫

虽然是生长在腐草中间，
对实际生活也毫无用场，
但人们都喜欢你那一点亮光，
在幽暗的夜色里静静地飘荡。
现在我把你俘获
保存在透明的瓶中，
经过一昼夜的囚禁
还不肯熄灭你小小的光芒。
也许你有心这样，
也许你是在对我说：
任何情况下都不卑视自己，
到生命的尽头也依然发光。

1969 年

新　叶

新叶呀！

你迎接新的春天，

伸出这么多透明的小手，

捕捉每一缕灿烂的阳光，

看着你我就心情舒畅。

我也想学习你的榜样，

对每一天都充满欢乐，

迅速地朝更高处生长，

向更广大的世界眺望。

1969 年

（首发于《作品》1978 年第 7 期，后收入《生活的歌》等）

山　雨

为什么山雨来时常有狂风，
吹得树枝折断，屋瓦飞扬，
迅雷闪电又来助威，
倾盆大雨遮天盖地？
但是它又渐渐消失，
于是每一丘垄田挂着瀑布，
每一座山峦格外青翠，
河流宽了，道路净了，
忧患的心呀不要哭泣！

1969 年

（收入《生活的歌》等）

◉ **1970 年**

所　　思

一

已经老朽了的芙蓉树

犹在最炎热的季节

伸出无数新的枝叶

准备着秋天的花朵。

它今天仍有蓬勃的生命

展开巨大的绿荫

在夕阳的辉耀下

是多么丰满又动人！

二

仲夏夜迟升的月亮

为黑暗的条状的云遮掩

一切都非常寂静

仿佛在等待重现光明。

受伤的老狗蜷伏在草地上

默想生活的残酷

对热情招呼不再信任

因为它并不愚蠢。

1970 年

（收入《迎风》等）

梦

有过许多黑色的梦。

有过许多灰色的梦。

也有过许多金色的梦。

如今又有一个猩红色的梦

在半醒半睡中向我走来

预告明天

将有怎样一个异样的天空。

1970 年

（收入《迎风》等）

希 望

屋顶上的青苔是灰绿色的。
墙头上的青苔是碧绿色的。
水沟里的青苔是嫩绿色的。
我的心中
也有黯淡青苔的经线纬线
织成一面朦胧的旗帜
在阴雨中悄悄飘扬。

1970 年

（收入《迎风》等）

赶　路

清醒的时候往往想起赶路，
睡梦中也常常焦急于赶路，
掉队的感觉永远使心痛苦，
是什么多余事务使我耽搁？
怎把不必要负担迅速甩弃，
让脚步和动作都轻快起来，
乘着清晨朝阳升起的时候，
再走上那光明宽阔的征途。

1970 年

⊙ **1971 年**

红 灯 记

文章千古伤心处，
舞台更是生死场。
看罢红灯心潮骤，
无声四野夜茫茫。

1971 年

⊙ **1972 年**

悼　陈　毅

多少时日，

一个希望在我们心底潜藏，

它像孕育在春天母怀里的种子。

等候着温暖的阳光，

它要冒出大地，它要展翅飞翔……

然而，一个突如其来的消息却已如此摧人心肝，

一月的风雪无情地扼杀了我们的希望。

从此，种子腐烂了胚芽，

咸水浸渍着土壤，

我们再也看不到陈毅同志了，

真的看不到他威严、耿直的容颜，

慈爱微笑的眼帘……

看不到他站立在天安门城楼上，

看不到他走进人民大会堂，

看不到他来到欢迎外宾的飞机场，

他的张茜陪伴在他身边，

看不到他在莫干山上下围棋，

像当年在赣南打完伏击战，

看不到他再一次沿着当日进军的路线，

指点着解放二十三年的祖国的大好的河山！

没有任何力量能摧毁人民忠诚的战士，

是万恶的疾病使他坚强的心停止跳荡，

鲜红的党旗终于沉重地覆盖在他的遗骸上，

肃穆的气氛扩展到无边的大地、天空和海洋……

中华民族优秀的儿子真的告别了人间……

伟大领袖戴着黑纱站立在他的灵前，

敬爱的总理戴着黑纱在追悼会上宣读吊唁，

此刻，哀悼的泪滴凝成陡峭的冰山……

春天母亲无言地痛苦地编织着花圈，

解放了的和还没解放的亿万人民排成长行，

抬着花圈来到陈毅同志遗体的前面，

一起献上共同的心愿，

最后一次再看那无比亲密的战友一眼！……

此刻，是他解放的祖国东南的港口，

巍然屹立的烈士纪念碑上，

他的题词仍闪射着金色的光芒——

"先烈雄风永镇海疆"，

照耀着这里的白天和夜晚……

此刻，大海屏住呼吸，

船儿降下了风帆，

海鸥它无力地栖止在那桅杆的顶端……

啊！陈毅同志是南越丛林中的游击健儿的，

陈毅同志是鸭绿江东岸顶着水缸的朝鲜小姑娘的，

陈毅同志是坦赞路上挥着小红旗的非洲妈妈的……

陈毅同志是北大荒风雪中的军垦战士的，

陈毅同志是南海上鼓着彩帆的渔家老伯伯的，

陈毅同志是工厂的工人、农村的农民、学校的学生的……

陈毅同志是全世界被压迫者的，

陈毅同志是英雄的七亿中国人民的！

这样的战士怎么会离开人间？

于是，我们又从迷茫中苏醒，

仿佛一切都未曾发生，

岗哨上边防军依旧在执勤，

公社田野中的春苗仍然一片葱青……

"悲痛的消息"随着春梦飘落，

再也找不到它刺心的踪影，

啊！陈毅同志正在废寝忘餐地工作，

为了他的人民和祖国，

他战斗的一生不知道有多少次死过，

而每次他都更加顽强地活着，

记忆保存在空气中的每一粒微尘里，

他的生命是一团扑不灭的烈火，

在阶级的生与死搏斗的沙场上，

永不屈服地迎着暴风雨高歌！……

啊，无穷的岁月，苍茫的宇宙！

我们的希望仍要萌芽、开花和结果，

陈毅同志正在指挥战斗，

听听！他那霹雳般的声音：

"此去泉台招旧部，旌旗十万斩阎罗！"……

　　　　　　　　　　　　　　1972 年 1 月，厦门前线

紫 云 洞 山

巍峨的戴云山脉

在这里涌起触天的波澜，

仿佛是福建中心的一座高标

俯视着闽北、闽西和闽南。

因为地处偏僻和道路险峻

自古以来就是起义者凭靠的地方。

远自宋代开始

这里就燃起反抗侵略的火焰

那时依据天险作战的部落

也许就是山名的最初来源。

到明代中叶

那个威震一时的铲平王

正是在这里建立最初根据地

高山怀中的一片林木与荒草

出现过一座穷人的金銮殿

至今还流传着许多神话中的遗物

纪念那一次失败了的斗争。

我来时正是风高日丽的冬天。

跟着八个生气勃勃的青年，

一路攀树登崖

笑语声喧，

无人的荒山

霎时变得热闹非凡。

我永不能忘记那登山的早晨，

屋顶有寒霜

路面有冰花

小桥冻得铁硬

大伙就在嬉笑打闹中出发。

可爱的年轻人哪！

你们生活在山高水冷的地方

却一天到晚笑声不断，

我真羡慕你们的那颗心。

当最后的一个山头在面前出现

你们不约而同发起竞赛，

那个小个子有如摇摆的狗熊，

像射出的箭向上飞奔

远远超出同伴

转眼间就登上巅顶

然后在那高峰上

一面等候大伙

一面逡巡眺望

就像一个天空的哨兵。

下山时候又是另一情景：

在那盖满松针的滑溜陡坡，

那个胖胖的端庄姑娘，

像兔子一样向下翻滚，

在哄笑声中四脚朝天，

有谁曾看到她脸上的红云？

在这充满历史往事的高山上，

我既没有看见传说中的石椅石桌，

也没有发现神话中所说的

柔软而不倒伏的草所组成的神被，

我没有拨开荒草寻找王座废墟，

连那能吐云霞的小洞也无心寻问，

因为眼前走动的八个青年

才是今天使这荒山生色的人物

他们赢得了我的全部热爱。

当我拨开密叶向高山攀登，

忽然听到深谷传来一声响动，

刹那间，我仿佛觉得

现在已经是在作战

就像在记忆中的过去

行进在有敌人埋伏的山林，

忘记这是生活在和平的今天

仿佛有突然袭来的战争
于是响起奔向战斗的脚步
使高山又再一次感到震惊。
甚至幻想中出现了古代战场
那时也许同现在一样
燃烧着太阳的寂静山谷
激战的轰响久久不停
受伤的勇士躺在阳光下
身边是一片血迹
垂死的眼睛凝视着远方
像是盼望未来的子孙
来继续他未完的事业。
我们就是起义者的后代
我们就是勇士的继承人。

因此，年轻人呀！
你们不是无缘无故
从四面八方来到这高山下小小盆地。
经历了数年的艰辛，
你们用整个身心
来领略生活的全部艰难困苦，
寒冷，泥泞，团结，斗争，
失败和胜利，
什么都有你们一份。
生活并未亏待你们

你们热爱它

所以也热爱高山

热爱林中小路，热爱奔腾的溪流瀑布

以及水碓旁边一棵棕榈

甚至于一朵小花

一枝绿叶。

你们就像一堆堆使茅舍温暖的火

一个个开朗的灵魂

给穷乡僻壤带来了生命的热浪。

你们又像许多面镜子互相辉映

每一线冲向高处的光明

合成了满天灿烂的星斗。

你们的青春正在成长

为了实现心中美好的愿望

为了开始一生的伟大事业

你们还要经历许多艰辛。

我愿意两眼注视你们的生活

追随你们的勇敢足迹

在这个属于你们的世界

在为人民而献身的斗争中

奋勇前进！

1972 年

（收入《福建集》等）

深山雪里梅

纵被委弃也全不让，

依然开在百花头上。

管它飘零身世，

淡漠心肠，

临溪照影，

飘落飞空，

风自狂暴反添态，

寒冷入冻更助香。

最难忘，

尤在断桥烟雨中，

岁末日暮，

寂寞谁与共？

但见云黯淡，

月朦胧，

流水声呜咽，

知她受了多少凄凉！

过早的热情常浪费，
严寒中独放更受累。
伤害又何妨，
心坚志不移，
映夜月，
照野水，
浩然忠贞守岁暮，
清香原不要人知。
傲骨耿直，
疏花清丽，
不与群芳斗深浅，
敢向霜雪争高低。
风流在淡泊，
神韵自天然，
戏蝶游蜂俱不识，
犹占东风第一枝。

好花不须多，
潇洒两三点，
笼雾带雪，
托日含烟，
冰中展容，
霜下开靥。

不染尘埃自高洁，

偏爱深谷高山，

洗尽铅华，

不怕形影孤单，

并非无情，

毕竟岁寒然后见。

凭它风狂雪猛，

百般摧残，

心中情热如故，

独自先春迎来年。

1973 年 1 月 14 日

致 朋 友 们

我们曾一起上过高山

享受天风强劲的吹拂

把身上的灰尘全扫光

心感到无比轻盈。

我们走向水晶一样闪耀的海边，

在那里，天空有如一口钟

为大地的幸福

轰响在波浪上。

虽然还是变幻无常的早春，

一会儿是蒙蒙雨雾

一会儿是朗朗晴日

多少次我们走在街道上

在公共汽车和渡轮上

挤身在群众中，也一再感到

人间的欢乐

不可思议的友爱

亲切的目光，如花的眼睑

忽然出现的闪电。

或当我们走进园林

欣赏光明的花瓣

碧绿的深池

露水在竹叶上留下明珠

琥珀色的萌芽在枝头

谁不在心中感到温暖？

或者在夜晚，我们围坐在斗室

倾听低微的乐音

不绝如缕的歌声

一言不发的沉默，

仿佛在梦幻般透明中

游过生活的河，到达想望彼岸。

或者同盖一张被，

醒来后精神焕发，

在寂静的曙光中

共同迎接未曾有过的每一天……

这些时候，我觉得

投身在生活的波涛中

像一滴水潜入宁静里面；

又像一个旅人

回到久别的家乡

在幸福中歇息。

我不再在无穷的忧虑中

忍受日常的烦恼。

不再每一天都有失望在等着

只是记住古老的存在

神圣而不可侵犯；

那个自家小天地，多么寂寞凄凉！

心灵会枯黑，生命太孤零

抛情却意，再无欢畅！

让一切不幸都变成勇气吧，

让眼泪混合着笑吧，

使天更蓝

黑夜更幽美。

眼前的欢乐，既是大海的钟声

又是候鸟的呼叫，

为了人的生活，为了夜晚的花香，

我们要去取回应得的权利

为什么还在沉默？

人间比大海更多风涛

有人在剽窃玫瑰

被掩盖的事实

黑暗深渊那样神秘莫测

盲目的时代过去了吗？

杀伐再也不能决定世界的命运，

人民普遍的要求是繁荣，

让我的心驾着风帆驶进大海
强于守住幽闭的关隘。
坚决地把痛苦顶回去，
再也支撑不了那么持久的晕眩
心底唱着婉转的歌声
它像晨星一样晶亮
抵制强硬西风的吹打。
时间正在替我们开辟一条道路，
通向月球，通向星空，
我们已无须再在黑暗中摸索前进
被时代的光辉所照耀
一个普遍的新生正在降临。

有如攀登大地的梯子
眼睛注视绿水
心灵拥抱绿树
痛饮天宇下所有的甘露
春光正在血管里泛滥。
我要捡取太阳的光线
去铸造每一书页，去写欢乐的诗，
去写为爱情而创造的黑眼睛，
去收集树叶在和风中轻微的响声，
去把野花点缀在风帆上，
我要把生活的馈赠
还给你们

因为给我这欢乐的，正是你们

和你们所带来的一切人，

我把心留给你们

甚至甘愿让凶神

剥夺我一切应得的

也再不退缩，

打开深闭的嘴，解放被囚禁的诗

不再使语言堕地无声

让我的诗成为希望的同志

让我的诗向未知的世界旅行，

不但呼喊，而且爱抚

企求从你们心中得到回应……

1973 年 3 月 23 日

洪　水

在连日暴雨之后，

在空气中充溢霉味之后，

江流忽然间暴涨起来，

有些事物消失了——

崩岸塌桥，倒屋淹田；

有些事物出现了——

溪涧高涨，水色浊黄，

急流冲下许多树枝

许多朽木、枯草、死畜和板片。

一切鱼类都在昏黄中迷失，

举网的船纷纷出动，

多少次沉网才有少许收获

街上出现了鳞光闪闪……

拿着长长的打捞用的竹篙

城市的居民来到水边，

有的俘虏了段木，有的抓一点竹枝，

于是炉灶都在冒着潮湿的炊烟。

1973 年 4 月 4 日

无题·海边的梅花

一

海边的梅花啊，你且慢慢地飞，
因为前人已经有这样的歌词：
不要爱惜那黄金绣花衣，
不要忘记那白雪盖青枝；
沉吟中想念你而闻到清香，
看到你的形象更是无限惊喜，
但愿你永远带着雨丝和烟缕
生活在风光明媚的春天里。

二

我要每年都去海边访梅花，
问她为谁开放，

为谁把暗香吹送？

我怀疑是天上的仙子来相望

把一枝冰雪的容貌放在我手上。

可是距离这样遥远

虽有迫切的相思

又怎样能够向她说端详？

对着清香的花蕊，

怨恨千万重，

全在别后难相逢。

云散霞飞春归后，

落花数片轻飞扬，

为我多情点缀在诗行，

使我想到花易飘零人易老，

怎不令人心悲伤，

更何况正当柳絮卷雪浪。

1973 年 5 月 16 日

无题·月下又有花

最近，月下又有花，
朦胧中似在海角天涯；
花儿啊，你究竟在哪里
我此刻怎能回家？

时光从树梢匆匆走过，
枝叶已十分飘零；
唯有花的颜色如故
虽然也为夏日将逝伤神！

秋天的雁声已近，
冬日的寒风也快到来；
就让花不久凋谢
总有一天会再盛开。

1973 年 7 月 27 日

霜　朝

虽然严寒

但没有浓雾遮天

也没有那种潮湿的寒冷

一切都很清爽。

水沟结冰，屋顶铺银，

那菜叶上的霜花

有如繁星闪闪发光。

太阳很早就出来了，

冰冷的心觉得温暖，

一年中最后的几天，

怎么会没有希望？

为了信心，为了明春，

把愁苦给予物质，

把欢乐给予精神。

1973 年 12 月 26 日清晨

落 日

火红的血球巨大而宁静，
以异样的光辉涂染有生和无生：
把群山映成紫色水晶，
在朦胧中看来是又轻又透明；
让无边的高粱田变为火海，
因秋风吹动夜色而闪烁不定。
天上碧青的晚霞渐融化，
密布地上的灯光照耀如金；
无数烟囱飞起沉重云缕，
满载的列车悲笛前进……
这时，苍凉幽暗的树林后边
一轮明月正对着落日上升。

1973 年

（收入《祈求》等）

屠　夫

当人猛增

而猪陡减

你满脸红光

下巴叠成三层，

想捞些油水的

都向你罗拜。

即使是混毛的

浅膘的

灰色的

提着一块走过街上

也引来无数羡慕；

就在

这缺乏上面

这私心上面

这短视上面

建立起你狂妄渺小的权威！

1973 年

（收入《祈求》等）

候　鸟

一群年轻的爱叫的候鸟
结队飞过蔚蓝的高空
为了寻找一时消逝的夏天
沿着山林和海洋向南飞翔。

想当初他们也曾结队向北高飞
那时正是万众欢腾的美好日子，
如今风沙弥漫，水也冷了，
他们又去寻找自由的呼吸。

幸而祖国的幅员是这样广大
几乎同时具备了春夏秋冬，
这才不需要远走他邦异国
就在天涯找到了落脚的地方。

1973 年

（收入《祈求》等）

桐 花

春天来时万木争开繁花，
春要归去百草都无情绪；
唯有桐树，当雨过天清
在村边道上展开一片光辉的水晶
献出它对春深眷恋的心意。
它为春开花，为春灿烂
为春饯别壮行色
把暗香混合在尘埃里，
把落花铺满了青草地。

1973 年

（收入《双虹》等）

万石岩所思

在已消失的公园废址左近，
在新出现的青草广场前方，
我的心啊
放大你的眼睛过细搜索
在那一片绿杉的后面
你发现了什么？
往日的乱岩为林木掩藏，
往日的崎岖也仿佛不见，
青苍的树倒映水中，
石阶连接竹丛。

厦门啊！你该多么豪迈
为了开辟远大前程
命运赋予你以足够的耐心
在无穷变化中不断更新。
你让人毁掉狭小的山水

你又再生广阔的园林
对破坏宽恕
对创造热情。
一个庞大的希望
正在改变城市的生活，
映照海港的灯光
不是也有来自远方的吗？

时代在更换，
人物在变化，
昨天的美德
今日成了恶行，
过去的真理
现在可能是谎言，
试看哪一个人
到老了会不牙齿腐黑？
不要因为荆棘
而无视花朵，
清新的景物
正在向我们招手。

今天
有人在侮辱英勇的过去
有人为瞬息的变化叹息。
城市不理这一切

依然大步向前

春天正在四面八方轰响。

我感到

我也在生长

在激动，在沉思。

但愿人们的生活

也像这里的每棵树那样自由宁静

并且互相团结起来

组成一片可爱的树林。

1973 年

（收入《福建集》）

梅花灯塔

灯塔中最美丽的灯塔

站立在梅花古城的前沿，在那

大海的碧波与天空的云霞辉映中

有如百丈崖上耸立一朵百合花

你微笑着，闪现动人的酒窝，

飞展妩媚的双眉，

在波浪的乐曲中扬起温柔的歌声

使万里长空都为之凝然不动。

这时候，我真愿意是一株小草

静静地俯伏在你脚旁；

或者是一只小舟

停息在海上向你仰望，

你的深情注视

使我的心像绸子一样抖动；

面对着你，即使是忧愁的心

也会感到灵魂里鲜花怒放。

1973 年

（收入《福建集》等）

临江刺桐花

雨后放晴的春日

寂静的风烟和绿水

闪射强烈的光

照亮岸边的瓦屋与枯枝。

在那里，在辉煌的水雾中

光明的江流上

跳动着点点鲜红的火

几株刺桐

临水照耀血色的花蕾。

啊，南国的花树！

不畏寒冷来给闽江添色

这深情厚意是为谁？

一个旅行者

折下含苞的一枝

送给亲爱的人

告诉她

当年的繁花并未逝去。

1973 年

（收入《福建集》等）

声　音

世界上最美的声音

是人类喉管的声音

亲人的声音

家乡少女的声音，它响动

隔着板墙或隔着花丛

或隐藏在黑暗中

都有拨动心弦的神秘力量。

火焰的絮语，

鸟雀的声喧，

风和树枝的攀谈，

河水对岩岸的低诉，

提琴在窗后悠缓的奏鸣，

都不及她的充满生趣的谈话声。

啊！家乡的声音，是最亲切的声音，

家乡少女的絮谈，是最动人的美声。

1973 年

（收入《福建集》等）

冬　夜

这晚上多么凄凉——

要是没有火车站就在近旁

轰鸣中到达一列货车

那车头喷出一道道白烟

在乌云的笼罩下翻滚飞扬；

要是没有上滩的船

正在深岸底下经过

那竹篙碰击礁石的尖锐音响

使铁般的暗夜起了震动，

要是没有工厂的灯光

参差出现在江岸和远方

它跳荡在黑暗的包围中

给赶路的人以温热的希望。

1973 年

（收入《生活的歌》等）

悼 念

我们的父亲和兄长

被践踏的光荣之花

未经凋谢便已消逝

为残暴不仁的手击杀

心里怀着愤怒

闭上了威严的眼睛

没看到正义完全伸张

热爱人民的心停止跳动

最后的瞬间该是多么痛苦!

在那些阴谋的网交织下

任谁都无法救你

你死在

狠毒的奸诈

与鄙卑的谎言中

而且煽动起一群幼稚者

来参与谋害，

使被欺骗的希望

进入完全的黑暗

天空为你恸哭

号角为你哀鸣

旗帜为你垂首

大地为你黯淡无光。

啊，伟大的将军和诗人

你听从内心的呼声

揭穿野心家的卑劣

指出报应的时刻必定来到

忍受孤独和幽闭

与争权夺利之流决不相容

你严厉的目光

刺穿他们精心筑造的墙壁

你叱咤风云的喊声

震动他们的宝座。

你是我们旗帜上

最动人的光芒

在天空中

我们永远听见你的呼号

诗歌决不缄默

人民决不向邪道低头！

被杀害的星呀！

从你的死

我们学得斗争。

当眼睛为你悲泣的时候

心却非常清醒。

那些该死的刽子手和同谋者

你的死使他们原形毕露。

你那不可克服的自由精神

已伸展到无穷的空间

当胜利的一天来到

你要回来同我们一起欢呼

那时，四周正百花灿烂。

1973 年

（收入《生活的歌》等）

秋天的乌桕树

在公路边，在田埂上，在山野里，

平常时候毫不显眼，

既不高大，又无浓荫，

曾开过什么花有谁惦念？

唯当秋风猛起

田野空旷，

在远山苍茫的衬托中，

它迎日照亮

点点丹红

有如一树飞扬的火焰

给即将逝去的生命

焕发出最后的鲜艳，

正是秋山日渐暗淡的时候

让天地格外光辉灿烂。

1973 年

（首发于《作品》1978 年第 7 期，后收入《双虹》等）

雷 雨

晚春的气候真是瞬息万变。

刚才还是风和日丽

晴朗无边

忽然山头出现一片墨云

转眼间扩展为周天的黑暗

草木为之变色

河水闪射恐怖青光

鸟雀惊飞

鼠兔乱走

黄风随之扫遍原野

雷声赶着急雨倾盆而下

一切都在混乱之中

断树飞叶

平地出现江河

房屋在狂风中震颤。

这情景一直到黄昏

到深夜，于是又出现可怕的肃默
一切死寂，一切无声
唯有不懂事的青蛙，以单调鼓噪
响到天明

1973 年

（收入《迎风》）

地上的光明

黑暗从地上扩及天空，

光明从天上普照地面，

于是千百万年以来

人总是把希望寄托给渺茫的天堂，

这犹如追求自由

却冒失地奔向锁链。

人终于懂得，最真实的美景

还是在人生活着的地上，

这是世世代代的人

辛勤改造过来的大自然，

唯有人迹不到的原始森林

和远洋深海，统治着的

才是黑暗，荒凉，恐怖和野蛮。

人呀，把信心转向千百万人

光明是在他们居住的地方

它孕育于昨日的黑暗。

1973 年

（收入《蔡其矫诗选》等）

病 柑 橘

可怜柑橘树，种在瘠坡地；

不但结实少，酸涩无甘味。

剖之皆虫蚀，纷纷尽抛弃；

何能存其表，萧条半黄叶。

尝闻柑橘洲，此物最茂盛；

如今上荒山，弱病岂无因？

芳意既寂寞，枯枝不成林；

所生非沃土，不死是万幸。

好果厌荒芜，深根弃石山；

望树徒悲伤，世事不可谈。

1974 年 9 月 1 日

百 丈 崖

纵然已经来过几次，
可这回是伴着新人，
修林茂草不再寂静，
秋山震荡一串笑声。

幽林里有欢快的蝉鸣，
清流中有闪光的波纹，
发现佳境时恬静的微笑，
也同树梢的嫩叶那样晶莹。

举起迷人的花冠，那石蒜的细茎，
迎着欢笑的脸儿摆动，
仿佛在报答对它的无限深情。

归途中有雷声，高空飞动雨云，
回忆这一天的远路和僻境，
有更多的阳光照射我的心。

1974 年 10 月 12 日

重　阳

迎秋风，渡秋河。

览山色，上高坡。

年轻的游伴不爱寂寞，

一路把六弦琴慢捻轻拨。

野菊在田岸欢舞，

荻花在风中高歌，

多情的生命并不随时光衰老，

快乐的心事我已悟到。

一年三百六十五日，

日日都应该眉开眼笑，

何况是遇到这千古佳节，

风日山水都无限美好。

自知未有经世才力，

满腔热情寄托烟波，

未来的事有谁知道？

何如现在就充实起来。

1974 年 10 月 30 日

知青队之歌

崇山峻岭的怀抱中，

一线溪流弯过开阔地，

就在这里的慢坡上

那上空飘扬一面红旗，

标志着知青队的新村，

远在河这面的公路上就引人注意。

经过古老的浮桥，经过墓地

收割后的田野满目清新，

可是还没有一条像样的道路，

只有沿着曲折的田岸，崎岖的小径，

才终于来到一群配序整齐的建筑

闪烁崭新的光芒，照亮我的眼睛。

中间一片水泥晒谷坪，

又是明光锃亮的球场，

四周灿烂着黄土打墙的房舍，

一支杉木旗杆，高入晴空，

它的北面是食堂和会议厅，

它的南面是谷仓和工具房，

这一切就像是一座模型，

摆在展览馆明亮大厅上，

又如一支火把，

点燃在群山围绕的深谷中。

两列宿舍，住着三十五名男女青年，

个个都有孩童的心胸，

饲养成群的鸭子和小鸡，

眼睛带着欢笑的阳光，

生命正在智慧的清晨，

希望闪烁在眼瞳，

这是新时代的新容貌，

照耀在新的土地和新的村庄。

黑夜来临，月光照在晒谷坪，

提琴奏出欢乐的弦声；

一个女青年，美丽得像

高悬在幽蓝深远的夜空的黄昏星，

她为我唱了许多歌，

因为我获得她的友谊和信任。

她的年纪春天那样灿烂，

歌喉却似夏天的海风那样爽朗，

歌声响彻门窗，

吸引许多人起来应和，

到处飘扬男女的嗓音，

唱的都是新的歌，

歌中充满青春强大的力量，

震动了整个村庄。

我从这房间出来，到另一些房间，

都有歌声和琴声迎面袭来，

兄弟姐妹的感情

从这乐声中向我倾泻。

呵，这丰满的夜，

用友情的玫瑰，

熏染我的心，

使我变得年轻。

虽是南方的冬季，

降着浓重的露水，

流动着寒冷的夜气，

但灯光下的谈话和歌唱，

比春天的阳光还要温馨。

我也像春天一样

生命的洪流鼓动着

以至忘记自己的年龄。

随后的早晨，

那耸立云天的高峰吸引我的目光，

那里朝日照射的绿树，

像丝织的花边那样鲜亮。

我沿着迤逦的小路，

走向大树覆盖的渡口，

小姑娘为我撑船，

河上漂送流木，岸边牧放鸭群，

农民去串亲戚，手提的篾篮里

是贴有红纸的鸡蛋和线面，

这一切是多么古老而悠远。

回头看那新村

宣传队的红旗在风中飞舞，

受着流云和霞光的亲吻。

在不久以前，

谁曾料想在这片荒地上

会出现这样美丽的村庄？

谁会预见

有这样年轻的生命

在群山围拢中花朵般开放？

活跃的青年啊！

我在你们坚硬的床上过夜，

又和你们围着矮桌吃饭，

一大盆咸菜，摆在桌上，

宿舍的陈设是简陋的，但是

口杯里插着山茱萸和小黄菊，

一把胡琴挂在墙上，

一支竖笛横在桌上，

文化的芬芳气息流动在这空间，

新的生活正在展现：

晒谷的时候念台词，

屋檐下进行构思，

让泪淋湿心爱的书，

说不定初恋和少年时代的狂想

都在袭来的愁闷中产生；

晚上写日记，

座谈会上谈理想，

对光明的爱，

对人民无限忠诚，

在蔷薇色的晨光里

满怀信心面对世界。

你们记得

这个文化新村的创业

曾经有多少困难和斗争。

那时是多雨的晚春，

空中飘着缕缕烟云，缕缕雨丝，

湿透的鞋子，

流水的小径，

发潮的房子，

屋檐水珠日夜滴落，

你们冒雨去开荒造田，

在河里捞取几百担的肥泥

施在四块新辟的稻田。

你们烧肥，整地，

耕耙，下种，耘草，收割。

于是旱季到来，处处黄尘滚滚，

晒谷坪上腾起谷物的烟雾，

虽然田地是在旱斗上，

但亩产超一千斤，

山垄田也创高产，比往年翻两倍。

这就是知识青年的本色。

农闲时候你们大搞基本建设，

漏夜加班赶修水泥坪，

把它抹得像镜子一样平，

照出你们那红心。

只有一双手，却办起各样事情，

猪栏建起来了，场上竖起篮球架，

砌灶，筑池，挑砖，运灰，

三个月出八千义务工，

你们说：不分红，也要干革命。

你们不是为糊口来劳动，

你们要对国家有大贡献，

不但超额缴公粮，

而且创造了无穷的财富，

土造的灭虫灯点起来，

展开了土壤的普查，

画出改土的规划，

在缺磷的生荒地种上紫穗槐，

试种大麦，玉米，高粱，

给大队开办八处政治夜校，

出版批判专栏，

油印简报，

演出文艺节目；

当节目在排练，

那时还没有电灯，

你们点马灯，打手电，

甚至在完全的黑暗中对词，

几乎全体队员都上了台。

正确的道路都是困难重重的，

走这条路的都是勇敢的人。

在这儿绝没有袖手旁观的份儿，

一切都要亲身流汗，

忍受所有的辛酸凄苦，

什么困难都不害怕。

是为了爱和责任，

你们才这样坚强，

把这曾经被人抛弃的荒原，

转化成青年奋发图强的家园。

在你们寂静清爽的图书室，

架子上排列许多书，

隔壁又是科研室，

悬挂许多图画，

在这丛山中，一种理想

搏动在新的胸膛里

鼓起强烈的愿望

不再屈服于干旱和灾害

要成为大自然的主人。

山是你们的根据地，

在那上面种油茶，

在那下面种药材，

房前屋后种果树，

池塘里养鱼，

还要开出一条平坦的大道

以及从很远的地方引来流水，

这一切都不仅在头脑里，

而是正在步步实施。

现在一切都明白了，

但当时却混沌不清。

让我们赞扬

这艰难的时日

出现的新生事物！

时间是严峻的，

现实是无情的，

你们用行动证明什么是对的

什么只不过是一时的权宜。
让故步自封的人伤心吧！
让那些把谎言当作真实的人失意吧！
生活呼唤我们去战斗，
为了实现人民的希望。
粮食
是我们古老的大地上
最艰巨的收获，
我们把它献给国家
有权利要求用它改善生活
而不能任人浪费！
农民创造的东西那么多，
而文化那么少，
这是公平的吗？
我的兄弟，我的姐妹，
无数年老的父亲和母亲，
都向你们注目
纵使你们生活在
人们想欺侮你的地方
仍然顽强地工作
决不屈服！
那些企图欺骗你们的人
对你们作威作福的人
将被历史的巨流卷走；
春天不会忘记你们，

正是它和一切愁苦不幸的心灵

选中你们作为报信者

去召唤那亲切的曙光。

我愿意是一条

在你们面前滚动的河流，

我愿意用歌声

伴随你们走向遥远的征程。

我感到你们奔腾的脉搏

正是人民所渴求的，

人民伟大的意向，体现在你们身上

未来将以你们为榜样。

你们消灭蛮荒，耕耘园圃，

等待冬天的结束，

好把芬芳赠给春天，

无论多大的困难

都不能把这希望扼死，

我们看见经过艰苦斗争

而赢得胜利的一天

终于来到。

1974 年 12 月 6 日

时间的脚步

我听见它
当往日的呼喊变成低语
当长期的缄默化为悲愤

当颂扬之声不再感人
当眼睛寻找生动事物
我听见它

在面前的舞台上展开
当历史被召唤回来
在冰冷的记忆中
颠来倒去地浮现

当最好的经验
在现实的幕布上褪色
当年代久远的梦想

在幽暗中絮语

我听见它，我听见它。

1974 年

（收入《祈求》等）

女声二重唱

你们是大自然并肩生长的
两棵树，在平原的晚风中相对招摇
两颗星，在天上作倾慕的谈心
两条在波浪中共起共落的鱼
两朵在下午晴空里互相追逐的云
或是霞光照耀着的两座山峰
因距离的远近而分出浅紫和深红
或是西落的太阳和东升的月亮
各在遥远的天边挥手告别。

1974 年

（收入《双虹》等）

橘　林

温柔宁静的晚秋，
光明美丽的早晨，
在草木幽深的山崖下，
展开一片清新的橘林。

那青黄的果实反映灿烂的秋色，
那碧绿的枝叶守护岁寒的心。

当阳光流动在高枝上，
绿丛里悬挂无数的金星，
照亮了蜿蜒起伏的峰峦
以及映在水中的云影。

1974 年

（收入《双虹》等）

327

思　念

我对你的思念充满春意
前面是
波纹鲜明的流水，
背后
展开一片绿色的原野，
寂静的云影下面
你的微笑有如鸟群翩飞。

我对你的思念从不静止
有如月亮升起
掠过一层层的树枝——
你从我的心灵走出
沿着一层层的记忆
以焕发的容光照亮周围。

我对你的思念重返真实，

在有塔的山上

细雨蒙蒙中的缄默，

为倾心而永久等待

既无言

也未曾示意。

1974 年

（首发于《今天》1978 年创刊号，后收入《双虹》等）

也　许

在生活的艰险道路上

我们有如太空中两颗星

沿着各自的轨迹运行

却也迎面相逢几回，无言握别几回。

没有人知道我们今后的命运如何

没有人知道我们是否会互相发现

时间的积雪，并不能冻坏

新生命的嫩芽，

绿色的梦，在每一个生冷的地方

都唤起青春。

在我们脚下，也许藏有长流的泉水，

在我们心中，也许点亮不朽的灯，

丛树都未曾感到

众鸟也茫无所知。

在生活中，我永远和你隔离，

在灵魂里，我时时喊着你的名字。

1974 年

（收入《双虹》等）

甘 乳 岩

从炎热与干燥的山谷
进入宏大而阴凉的岩洞
摆脱了夏天骄阳的烧烤
不禁心中发出欢呼，
只恨此行来得太迟！

当我们携手并肩
降落到幽暗的地下溪流
涉过一个又一个波浪
我感到身边升起一颗新的太阳，
是所有太阳中最美丽的。

于是一束束彩色缤纷的阳光
驱散了无边的黑暗
春天就在洞中
岩壁充满芬芳，
我倾心于你深邃的美。

1974 年

（收入《双虹》等）

致——

因为爱别人胜过自己
你的心才储满痛苦
并盛开着感情的玫瑰。

有刺仅仅为了自卫,
因为温柔而敌视粗暴
月光铸成你灵魂的声音。

在希望飞出胸膛之前
雨点已淋湿你的情感
所以凝视的眼睛闪闪发光。

其实你的心也同草木
最喜欢春天的朝露
月和雨只护送你起程。

1974 年

(收入《双虹》等)

地 下 瀑 布

一

在少有人知的穷乡僻壤，
在满目荒凉的山麓乱草中，
沿着崎岖的小径
登上零乱的石级
忽然出现一个宏伟的岩洞
简直容得下千军万马，
从乱石堆中
一个黑暗的洞口下去，
经过垂直的木梯
立即听到流水的声音。
这是地下河
造成的幽深走廊
贯通蜿蜒的隧道
雕塑岩石的千姿百态。

二

这是星球的熔岩

笼罩黑夜的雾幕

高处有寺院的尖阁

两边有大庙的栋梁

蒙霜的黑瓦

起锈的青铜

展开的谷穗

团聚的花朵

流驶的箭簇。

在松明的照耀下

时而是凌霄的高塔，

时而是绵延的森林，

幽静的浓荫

投射在涌雪的急流，

下临水滨的悬崖

照出青碧的颜色。

而在这一切的前面

深沉的眸子

赤裸的脚

发光的嘴唇

默对着这伟大自然的创造。

三

穿过许多峡谷

涉过浪花迸射的溪流

眼前出现银光闪闪的瀑布

如同透明的丝绸。

那飞流清新激越，

那浪沫冷如冰霜，

身边的游伴

眼睛因热情燃烧而更明亮。

攀上瀑布的绝顶

如登上一层楼

再进到更高处的瀑布

上升到另一层楼；

三条瀑布悬挂在三层楼房的深处

一条比一条雄伟

一层比一层瑰丽。

啊！熠熠发光的水珠，激情的眼泪，

吹拂的柳枝，急泻的银川，

喷涌的浪花，飞翔的雀鸟，

势不可挡的洪流，疾驰的旋风，

颤音震荡星空，

波浪摇动花丛。

就在这瀑布前面

我凝视一对黑玉似的眼睛

幸福从心中溢出边缘

如秋月在温暖的金波中流动。

四

啊，这岩洞是亿万年前大海的沉积物吗？

经过多少地质纪年

上升为陆地的高山

再由水的侵蚀

形成现在的琳琅满目

深藏地下

究竟是为什么？

从它形成以来

经过这里的水

足够盛满整个太平洋

那永无穷尽的潺潺细语

是什么样的愿望在流响？

今天，我站立的地方

是在地上湖的下面，深渊中的深渊，

却依然有阳光下的欢欣

从大地的腹腔上升

如神圣的号角高鸣

催起心灵的破晓

生命再一次被唤醒。

热爱着的心

不要让这瞬息的轻梦飞逝，

不要让秋天带走我的沉思，

不要让黑暗腐蚀我的宁静，

不要让我

怀着无法慰藉的忧郁

独自生活在这人世上！

五

也许是被幽禁在地下

瀑布的怒吼并没有回声。

就让我的诗

作它的反响吧！

我的心

曾在忧患的荆棘中燃烧，

我明白，有一种沉默

胜过响亮的雷声

就让它轰传远扬吧！

亲爱的人哪！

就让这瀑布的歌声

驱赶你眼睛的阴影

抹掉失望刻在你脸上的皱纹

挽回消耗了的青春

再点亮骄傲的俊眼

让红酒似羞怯的酒窝

在你脸上如宝石那样晶莹

一枝爱情的玫瑰花

插上你的衣襟。

让我回应地下瀑布的歌声

用温柔的手指

抚摸那伤痕，让心警醒

正视人间的斗争

冲破一切阻挠

去打响那些大门。

六

任何地方都有自由的赞歌升起

即使是在不见天日的地下，

听，那地下河的瀑布

至今还在沉默中轰鸣！

1974 年

哀 痛

在那造谣中伤的日子

不信任的风暴

疯狂的猜忌

你无声无息地逝去，

谁也不知道你的下落

关于你的谣言古怪离奇

以为你还活着，在遥远的地方

哪里会想到你已含冤消逝！

罪行总是在国家的心脏制造

一直蔓延到边陲。

人民的骨肉。大地的儿子

在战场上身经百战

使多少顽敌土崩瓦解

强寇都震慑于你的军威

却在争权夺利的阴谋中

被掌权者任意践踏糟蹋。

啊，祖国大地坚定的灵魂

永远带着战士的微笑

却有一个悲惨的末日！

他们想把你从人民的记忆中抹去

又不敢公布你的死讯

谁能知道谋害者把你藏在哪里？

有谁能告诉我

你是怎样遭难和忍受迫害

瞑目时是怎样痛苦

那些骗子，那些匪帮，那些杀人犯

是不是已经受到惩罚！

我不愿意在一张文告下就忘掉一切！

我不愿意接受太容易的宽恕！

把你的遗骸安置在烈士公墓

不能平息人民的哀痛！

人民以森严的目光，对着杀人犯

要求惩罚：

那些把罪行轻描淡写的人，

那些从他人肩上爬上宝座的人，

那些制造仇恨的摇舌鼓簧者，

那些对大量的死亡毫不动心的魔术家，

奸贼呀！在权力之外

还有历史的裁判你无法逃避！

1974 年

（收入《生活的歌》）

木　排　上

一

厉风急雨中离开江岸。

撕开洪水污浊的衣衫。

一列两节的窄长木排

激起黝黑的浪花

在回流中摇桨

在急湍中飞奔

带着野性的巨流上下翻腾。

茫茫的山林，

悬崖的山洞和小径，

果园和竹丛，

雨丝和飞云，

石灰岩的奇峰和峭岭，

都涂上一层发光的釉彩，

向急流中的木排注目致敬。

木材堆积的两岸

乘流直下的小船

触天的石壁，

都退到朦胧的雨雾深处，

木排在汗滴和浪花中

在风声和水声中奋勇前进。

二

艄排人呀！

你们永远生活在风吹浪打的地方

备尝艰苦而又享受自然的一切优惠，

仿佛江水的流动

给你们铸造清新的品质，

独立，坚强，勇敢，忠诚，

带着力量和健康

严肃里有自信；

你们倾身在激流中

像山岩领受暴风雨的打击，

你们直立在漩涡上

像一棵松树那样峥嵘，

每一举止都表现劳动的伟岸，

长满硬茧的双手把着桨，

在危险面前铁石般冷静。

毁灭时刻都在江上徘徊，

它从风雨中露出凶狠的嘴脸；

你们洞察一切而沉默无言

在潮湿阴暗的苍穹底下

不受表面光滑的迷惑

深知暗藏的所有危害

慧眼中有蔑视凶暴的视线，

在弧形波浪的闪闪银光中

把木排驶向希望，

起伏的流水高奏战歌。

伟大的事业不一定在陆上，

也不一定在海上，

在这汹涌的江河之中

也会有英雄的纪念碑。

喷溅的浪礁，

咆哮的长滩，

永远有生与死的搏斗；

你们勤奋，谨慎，聪明。

追求自由的心有对斗争的渴望，

在死亡之上，有大胆的作为。

你们不求舒适，不求平安。

让那些好吃懒做的人滚开，

让那些追求享受的人

吃了就睡，睡了就吃的

那些造粪机器

那些见难思迁的人

投机取巧、争权夺利的人

通通走吧，

这里没有他们的站处。

在光明的露天下。

江河是自由与新鲜的给予者

你们呼吸清新的大气

过粗野的生活

运用自然，友爱协作

穿越一切阻碍

走向胜利。

三

在这木排上

你们也有一个领袖

那就是前头的艄排人，

他是挺身直扑风浪

危险首当其冲

领航开路的人。

他照顾一切，

不时向尾舵发出命令，

大家信仰他，

不是作为神像，

而是活生生的人，

谁都同他开玩笑，不怕触怒他，

同他睡在一条被子里，

同他领受一切折磨，

同他一起爱，一起恨。

他顺着规律，引导大家

并不以恩人自居，

他富有经验，通达人情

不为自己的地位所束缚

不受任何观念的限制。

当舵座的横木断了，

他挥起斧子另制一个，

尾桨折了，

他跳过去再装一把新的；

他比其他的人更劳苦

他感知每个人的需要。

如果不知道人们的痛苦与欢乐

怎么会成为人们的领袖？

奔流的河川，岩石，沙土，

造就他坦然的品质，

以迅速的目光

判断全部形势

错了就纠正，不认为自己永远正确。

如果死也为局势所需要

他将毫不犹豫地迎接它。

相信生命的丰满

体现全体的光荣

永无涯际地终生奋斗在激流上。

四

黄昏到来，木排停靠在悬崖下面，

打下木桩，把纤筋系牢，

升起锅灶晚炊，

在寒风雨滴中吃粗粝的饭汤，

准备在浪声风声中入眠。

啊！露天下艰难的生活，

在强壮而又辛苦的工作之后，

躺在坚硬的竹枝和草荐上，

受着夜露和水珠的濡湿

也绝无疲劳，

在棚幕上悬起一盏船灯

拿出书报来学习。

雨点淅沥的夜，

浪涛汹涌的夜，

半睡半醒中觉察水在上涨，

更担心于明日的航程！

不能安眠的夜啊！

水面更加宽阔起来了，

混浊中漂流着枯枝与断树

在黑暗里显得阴森巨大；
河边有打鱼人的小盏灯火，
闪动着光影的江河啊，
风雨旋卷着
浮动而深沉的江河啊！
每年总要夺走一些人的生命
使人生畏的江河啊！
在这潮湿的棚子里的夜，
所有的景象都使人刻骨铭心。
于是来到了惨淡的五更天
在晨雾中再一次升起炊烟
这就是又要出发的信号，
立刻跃到艄位上，
又开始战斗的另一天。

五

艄排人呀，你们顺流而下
从不后退，一直向前，
征服巨流，走艰险的路。
木排就是住家，
有时也把水边的石洞作为卧床
当雨整夜把木排淋湿，
依然是粗食少睡，浴雨沐风。
有时你们也会搁浅在礁石上

木排被冲散了

漂木流向远方

竹篙和炊具全飞走

一切都陷入纷乱中

怯懦者临阵逃脱

剩余的鼓起勇气

战胜挫折，依然前进不止！

江河为你们不息地歌唱

伴送你们走向海口，

我也唱这首风雨的歌

跟你们走未知的路。

1974 年

（收入《生活的歌》）

中　秋　夜

黄昏后寻路上南塔，
踏着荒草远望空山，
在千重万叠的丘壑之上，
圆月正在黝蓝中滚转。
回头看夜的山城已变成海港，
只是没有放之四海的船；
既满足于遗世幽闭的岁月，
且抬头把清冷的明月细看。

为了对得起这难逢的良宵，
又不辞夜深坐在江边，
无言中只觉露重水冷，
孤星伴送明月已上中天。
月下的波光摇晃岩壁，
水边的树影舞动沙滩；
在那看不见的天边远处，
鸿雁正无声地飞向海南。

1974 年

（收入《蔡其矫诗歌回廊·雾中汉水》）

⊙ **1975 年**

霜 风

风在夜间改向，
吹得树枝飕飕发响；
有人告诉我说
明朝必有霜冻。

欢迎，渴望已久的霜！
这一冬天你藏在哪里？
雨总是三天两头地下，
这使我担心
冬天不压倒一切
春天怎能够来到？

空中闪耀着星斗，
树叶在暗中凋落。
不用站在空虚的门口
不用倾听过客的足音
风声重复着一个名字
我在做春天的梦。

1975 年 1 月 18 日夜

夕阳·落叶·火炬

在这个美妙的地球上
没有一刻无新的晨光
也没有一刻不见夕阳。
让我们满腔热情招呼曙色
也不要对落日过于悲伤
那曾为朝阳之垂死的余光。

我们都将如夕阳那样逝去，
也要有大自然悲烈的壮举，
就像树叶掉落之前
先将所有高贵的营养
那些糖分和叶绿素
退还给树身
然后凋落，再经蚯蚓运入地下
变成有机的土壤
帮助后代生长，
这便是树叶的忠心。

我们既不能够

在同一的川流中入浴两次，

也不能够

有生命而无动作，

我们就是人类历史一个交汇点

过去和未来在这里相接，

不为未来留点什么

这个生命就毫无价值。

当我们活着的时候

不要忘记做个光明的使者

让宇宙的历程实现在我们身上：

我们通过书本，通过社会，

从前人手里接智慧的火，

在自己短短一生中

用它来照亮

这段路程周围的黑暗

并像古代火炬竞走那样

手持火把，沿着道路奔跑

不久就有人从后面追来

我们所有的技巧，便在于

怎样将那光明不熄的炬火

递到他们手中

然后就让自己隐没到

不再出来的黑暗里去。

1975 年 1 月 22 日

给新认识的朋友

半夜刮起大风，我醒来
倾听未曾关闭的门扉窗扇的声响
和粗大雨滴打在屋瓦上
有如痉挛的手
在钢琴的键盘上跳荡
以悲哀的号叫
使冬夜心惊胆裂。

但在我的思想里，依然是
你们来时的那样欢悦，
任凭强大的北风也不能吹去，
仿佛是暴乱的噪音中
友情的歌才更深沉真挚。

我依然感到那颗年轻的心
渴求悲伤的诗

因而在那回忆往事的歌声中
有一种青春勇敢的余韵
足以使垂死的草木战栗。

寒风消失了她的威力，室内
依然为歌声和乐声所温暖
我们值得引以骄傲的
高尚感情的光辉
驱散了忧伤，迎来了欢乐
照亮心灵有如当顶的阳光。

1975 年 2 月 7 日清晨

山 尾 水 库

石筑的高坝为什么显得灰黄？
眼睛看到的都是光秃的山。
虽有几座孤零的洋灰楼房，
但周围道路不整，石块散乱。
没有绿荫，没有花草，
广阔的水面也是一片暗淡。
日子到了这样地步，
连建设也疲惫不堪！
唯有山洞里的电站
水轮机在寂静中运转，
才使人觉得未来的光辉灿烂。

1975 年 3 月 12 日

欢娱不久留

有如黎明时分的天空
所有的云霞金红交错，
可它瞬间就变了
于是到来一色的白昼。

有如春树穿上新装
所有的嫩叶明亮如酒，
可它并不持久
很快就蒙上暗绿的雾。

1975 年 5 月 8 日

母　亲

那遥远的路轨，
那血染的斜坡，
而今只剩凋零的野菊，
雨水已洗净最后的痕迹，
人们也早把惨痛忘却，
唯有死者的母亲，
有个心事永远放不下，
她以为女儿是回到乡间，
仿佛在远方的林中迷路，
不久会再归来。

这是冬天，
偏僻的小巷更加清冷，
阴雨的院落更加幽暗，
无言中在廊下独坐
在等待的母亲更加苍老，

因为未曾目睹尸体的照片
死亡不在她眼里，
餐桌上总要多摆一副筷子，
吃饭时候不断窥视门口，
向无边的寂静倾听。
啊！无论怎样等待
目光再也触不到那亲爱的面容。

白天失神，夜晚凝思，
眉间锁着阴影，
两眼浮着泪光，
啊，母亲！
你已经日渐消瘦，
你再也没有笑容，
无论谁都不忍刺痛你的心，
不忍把悲伤的往事重提，
不忍让你的痴想破灭，
不忍把你放入阴惨的黑暗，
好像希望能镇静哀痛的心，
幻想在麻醉不治的创伤，
但这又能支持多久？

可怜的母亲，你什么时候才能醒悟？
已经有好多事情无法变更
勇敢纯洁的灵魂，你最爱的女儿

永远不会再现了，

万古一念的真诚，也无济于事呀！

可是，人事永远不能过分认真，

幻梦也许就是生活，

入睡仿佛便是觉醒，

无尽痛苦的渴望

极度秘密的寻求

难道不也是一种生的力量！

既经见过生，见过死

形体不过是在虚无间

悔恨，疑惧，饮泣，都不必要！

当窗外细雨飘零的时候

思念也许能填满空虚，

心啊，最好没有悲惨的记忆

没有墓穴，没有灰烬

能入这净境的唯有母亲。

1975 年 12 月 13 日

祈　求

我祈求炎夏有风，冬日少雨；

我祈求花开有红有紫；

我祈求爱情不受讥笑，

跌倒有人扶持；

我祈求同情心——

当人悲伤

至少给予安慰

而不是冷眼竖眉；

我祈求知识有如泉源

每一天都涌流不息，

而不是这也禁止，那也禁止；

我祈求歌声发自各人胸中

没有谁要制造模式

为所有的音调规定高低；

我祈求

总有一天，再没有人

像我作这样的祈求。

1975 年

（首发于《四五论坛》1976 年第 11 期，后收入《祈求》等）

灯　塔

高举彻夜不熄的光明，

照临四周深不可测的阴影，

使荒漠的海域不再死寂，

在黑暗中心激起海之恋情。

那幽光从波浪与巉岩远射出去，

无视于大海汹涌咆哮的警告，

像飞流一般倾泻出狂喜的爱，

感染每一个夜航中海员的心。

仿佛是作为自由的报信者

闯进这萧索的时代，

为了播送欢乐

忍受暴风骤雨的袭击

挺身和苦难斗争

生活是由愤怒和对人的热情构成。

1975 年

（收入《祈求》等）

悲　伤

它来时有如滚滚的乌云
铺天盖地，气势凶猛；
一霎时把光明都吞没了
还带来吓人的闪电和雷鸣。

于是临到一场倾盆大雨
好像白帐子笼罩四境；
高山大河全消失了
只见草木倒伏，路面沸腾。

但是它终于被自己带来的风吹掉
转眼之间它已无踪无影；
天空显得比以前更加蔚蓝，
大气有如透明发亮的水晶。

它不但不能压碎我的心，

反而洗亮了我的眼睛；

它没有一次能逃脱我的微笑，

也没有一次赢得我的尊敬。

　　　　　　　　　　1975 年

　　　　　　　　（收入《祈求》等）

玉 华 洞

一

稀疏的、细小的雨点
飒飒地落在红透的枫叶上，
寒风
吹动在荻花净尽的芦苇丛。
阴暗潮湿的冬天啊，
你不要将忧伤带给我！

我不爱任何
战栗畏缩的树，
也不喜欢恐怖的深渊，
我要航过生活最广阔的河
向着最自由的海，
欢乐的风为我扬帆。

这不是你，冬天的冷雨
护送我这一次行程，
而是你催开的河边野梅
和山苍子淡黄色的蓓蕾
用它们的清香
陪伴我的长途步行。

来到山下，仿佛有
什么东西在无言中等我
也许在大地的腹腔里
藏有什么秘密的书
要我去阅读。

于是我进入岩溶的地穴
带着人间的爱
来拜访你，玉华洞！

二

这是谁的住所
还用得着石将军把门？
从黑暗中
可以看见冬天的风
进洞的丝状痕迹

却吹不动挂在壁上石的渔网。

旁边一领石袈裟
和尚却只留一个头，
这里不是他的地方。

这里是完全的黑夜
虽然也有不发光的石灯；
洞顶有烟熏火燎的遗迹
这是几世代的人
点燃松柴探看
掩盖了你的本来颜色。

三

这里有被描摹的自然
却都在停止的状态。

一片琥珀色的天空
低低地悬在头上，
这是可以抚触到的天空。
一条彩虹分隔晴天和雨天
这边照着不闪射的阳光
那边布着不移动的雨云。

永不消逝的闪电

唯一可以捕捉的闪电

它从来都不发雷声。

被封固的暴风雨，

僵化的瀑布，凝止的雪崩，

死寂的浪峰，都似从梦中驰来。

银山傍着金山，

灿烂如丽日当天，

水晶铺满峰峦，

金粉落在巉岩，

露水经过无数世代

依然在树枝上闪光。

不可思议的石上脉络

形成天空中的地峡。

冰冻的湖

可以看见它波浪中的盐。

高山上月出

这是不发光的圆月

正对着坍毁的塔

升起石的烟雾。

海龙王的宫殿已经倒塌

但残留的天花板上
装饰假的金刚钻
照得人眼花缭乱。

一层层的神仙田
里面盛满靛蓝的水
清澈见底
却不能养育任何生命！

四

向导对我说，那一片圆穹
镶嵌着八仙归洞的图景，
伸出的腿正好踏着一片红云。

陨石裂缝中的剑，
战将的头盔和锁子甲，
在那黯黑的水牢中
白衣的薛仁贵背着唐天子
从敌人包围中冲杀出来
被冻结的呼声留在张开的嘴里。

痴心的情人，对坐相望
注视的泪眼一瞬不映，
有谁能摘掉冰的泪滴

使这幽深的洞室

不再有悲伤的故事？

被捆缚的猛虎，

被蹂躏的花朵，

颠覆的锅

无烟的灶，一切都表示

不动便是死亡，

停止便是毁灭。

五

啊！石头如果有语言，请求你

告诉我

这最悲惨的历史

古老的洞穴呀

指给我那扇门

关闭着的真实世界！

人对我说，那巨大的石棺

原是王妃的灵柩

因为生前贪心太大

为人神所共怒

死后被劈成两截

遗弃在这深渊。

玉华洞呀，告诉我

那传说中的王

是不是为无上权威弄得昏聩

相信自己的金口能创造一切

醉心于无声的秩序

使歌喉冻结

笔端凝止？

告诉我一切被掩盖的事实：

那个孔雀般炫丽的妃子

为什么要剽窃玫瑰

每天变换服饰

向一切使节送媚

而对臣民白眼？

覆盖悲哀的沟壑呀

把你最深的痛苦告诉我

因为你是正直的，你不避权势

烟熏火燎的岩石呀！

六

生活在风暴的时代

轰响中也有静默。

玉华洞呀，要通过你

死了的嘴说话

这是不可能的！

我不向你苛求，

让我们告别吧！

经过石头的暗夜

来到朦胧的黎明，

沿着人工的石级上升到地面

呼吸着雨后温润的空气

好像梦游人，我返回

生动的世界……

1975 年

（首发于《诗刊》1979 年 9 月号，后收入《祈求》等）

南 方 的 雪

隆冬已经来到，
为什么还这样燠热？
穿着单衣看电影
感觉如同温暖的夏夜；
本地的老人说
这是天上在炒雪。
于是闷热后骤来阴云
开始洒下牛毛般的细雨
随之淅沥不断
那透明的雨丝
穿过黄叶疏枝
犹如金箭斜飞。
终于在夜间，鹅绒般的细雪
无声飘落，在人们沉睡时
铺满了大地。

啊，雪后之晨！

到处是光辉，宁静，和平！

有如无穷无尽的百合花

白雪铺盖一切

铺盖河岸，山丘，树枝，

那悬崖，那花已凋谢的绝壁，

爱情光临过的那座塔，那条道，

都闪射着奇异的光华。

晶莹的世界，

没有尘埃，没有枯萎，没有荒芜，

一条看不见的飘带

漫舞在白雪之上

增进这片光明，

多么奇妙而单纯

说不出什么样的热情

又来到冬时的心！

啊，南方的雪

你是不是

月光铸成的另一世界？

你柔丽的光，动人却冰冷

我知道

欢欣和热情

隐藏在深处

你一视同仁

灌溉所有生命

一片冰心完全无私

对爱者贯注真诚

除此无它。

我拥戴你，理想的光华！

从来没有这么多的光明

向我照耀，

使这颗心

感到有更高的天空

成群的野鸟欢叫

一片云

向最高处飘。

我生命的热情

爱这些却不知为什么！

看那沉默的山，无声的树

对于覆被一切的白雪

语言有什么用？

最美的颂歌在沉默中

最深厚的心灵的和平

无须在心的领域之外说出

白雪啊，请你将

宁静给我吧！

我要在你光明的洪流中洗涤

像雪后的高山

在无云的天空

让无所不在的渴望

在期待里

不被寒冬冻僵，

让我的生活

白天黑夜都拥有你的光辉

做未来纯净的梦。

看吧！云外的太阳在照溶新雪

屋檐和树枝都滴着泉水

不息地向地面歌唱；

多么短暂，多么易逝

没有悲伤的凋零

只有无声地消溶

于是来到了残雪的时辰

满脸是冷月寒星的感觉

最后，连残雪也溶尽

山阴又是一片黝黑

但那明亮依然在我心里

引我唱出这首歌。

南方的雪，欢乐般短暂

我愿是永恒

我愿无视寒冷的冬雨，凛冽的北风

弥漫这广渺的世界

而在心里

总记得那深情和热爱

曾帮助我抗拒冰霜和风雨

和难挨的孤寂。

即使你逝去

也别将生命连同幻梦付与消融

让这灿烂的时辰

有永久不灭性，

在无数的烟云和光影中

别的消逝，你将永存！

易消而不朽的花啊

有如德行

有如无以模仿的美

即使出现瞬间

也是永生！

1975 年

（收入《双虹》等）

北　塔

站立在急流和峭壁之上

四周被重重的丛莽所围困

走向你的道路早已被堵塞

每一步都要与芒草的锋刃作斗争。

唯有勇敢的人

为我开路作先导

千辛万苦才来到你的中心

却与花蛇和野鸽分享

你的荒芜和凉风里的寂静。

在这废墟中

语言已成为多余，

只有让心声波动，

蔑视你有毒的遗迹，

保护那纯洁的新人。

1975 年

（收入《双虹》等）

悬崖上的百合花

暮春百花争妍的高潮季节
在飞泉和青苔的悬岩上
开着一丛又一丛的百合花。

当风吹动强劲的花茎
它幻成飞舞的雪
纷纷扬扬如在梦境。

当雨扫过密集的花丛
它化作满海的浪
仿佛在热情中不得安宁。

当金色的夕阳照射岩壁
它变为夏夜的繁星
沉默中诉说多少深情!
勇敢的人到崖顶上摘下一朵

但在险路中花瓣破碎了
因为它不愿离开那危崖上。

1975 年

（收入《双虹》等）

新　杨

不要说皂泡美梦此夜心。

不要说望断关山总未晴。

消尽了创伤的记忆

且昂起额头远看

长风正为你涤荡绿衣襟。

雨洗的夜空奔驰轻云月影。

暗淡星辰预许洪流般的光明。

在即将到来的早晨

最明媚的生命是

林边的新杨亮晶晶。

1975 年

（收入《双虹》等）

蔷 薇

早晨的嫩枝偃卧着新蕊；
昨夜的风雨曾使花叶披靡。

炎日又将深红晒成浅红；
难道就从此沉吟憔悴？

不！生命即使如柔软的水
到急滩也会响起震天惊雷。

伸展你的枝蔓，增多你的蓓蕾。
总有一天要迎风如飞。

1975 年

（首发于《作品》1978 年第 7 期，后收入《双虹》等）

戴 云 山

一

经过漫长的旅途，再从小城出发，

沿着一条古道，穿越竹林陡坡，

无穷的山岭，无尽的路，

在斜阳的光照下，远方一座大山

好像半空中一排莲花，

这就是你吗，日思夜想的戴云山？

这不是你吗，在众山之上的山？

走向你的道路究竟在哪儿？

高耸的杉树直刺云霄，

满山青翠，连阳光都呈碧绿，

但对面的山却是紫红和靛蓝。

从横排路转过山坡

前面又出现另一座高山

连绵不绝直到天边
也许这才是戴云山？
但是放眼向东北展望
在云雾之上有更高的群峰秃岭
似乎树木不能在那高处生长
它呈现一种荒芜寂寞的紫灰色
这才是你呀，高不可攀的戴云山！
看着你使人胆寒，
你必定是多风多雨，唯有云雾
做你长期的伙伴，
你太高太冷
也太广大，
并没有秀丽的姿影
只有完全的沉默与荒凉。

二

这天晚上，住在你山脚下
星散零落的村庄，
黑夜里听游击战争时代的老人
讲你的故事。
在那些苦难的年代里
你曾是福建中心的柱石
缭绕过战争的烟云
而保有纯洁的一角。

就在这寒村中，

来过起义的队伍，

却在黎明时被追兵包围

于是展开激烈的战斗。

这仗从清晨打到黄昏，

起义者大多突围出去，

只有那首领被截断去路，

就是这个老人，当着敌人的面

将他认亲，留下这粒火种

一直战斗到胜利来临。

不知是老人已把那情景忘记

还是别有原因，他不愿旧事重提

因为他当时视死如归

绝想不到后来受人诬蔑！

他说：他救人完全出于怜悯

是对出门人的无限同情

并不懂得革命。

他后来成了这片山村的领导人，

谁能料到因此受了无数打击，

审查他的历史，接受多场批判斗争；

到处都在争权，

到处都有佞人。

他总是把话题避开过去，

好像什么事他都不知

或者已经完全忘记。

第二天早晨，老人坐在檐下

指着一直垂到山麓的大雾

说山上已经有滂沱大雨

并且一定刮起大风

这绝不是登山的时候

即使是猎人

也不愿在这季节当向导。

但是，戴云山呀

我怎能到你面前又回头？

我想念曾在你深山里

跋涉的游击队的脚步

即使最大的风雨

也从未退却过。

我朝着老人指给的方向启程，

在浓雾中摸索道路，

有时浓雾成了雨珠，

浑身里外湿漉漉。

三

走向你的道路坎坷不平，

也无人可问。

听到的只有寒冷的水声，

还有雨珠从树叶滴落到树叶，

空山多么静寂，

经过的山庄也非常冷落，

但那石板路始终将我引领，

有时跨过浅流中的乱石，

有时进入黑暗的密林。

啊，戴云山！

那些歌功颂德的人对你从不提起

他们只想用冷漠的脸孔投出白眼

对你公然无视；

虽然你默默无言

可是人民并没有忘记

每个地方都有自己的圣地，

每个地方都有英勇的历史。

戴云山呀！

你的山脉横亘福建的中部，

一边是海，一边是众多的溪流，

四周是丰饶的土地

和无数贫穷的人民，

你曾是他们心中的一座烽火台，

又是一座自由之歌的堡垒。

你处在众山的中心

有多少不可攀越的巉岩峻岭，

只有在这样艰险的地方，

你的树木无人能采伐，

密林中永远是潮湿的气味，

腐殖土和蚯蚓的气味，

石上青苔的气味，

以及洒着雨水的草叶的清香

诉说无人倾听的往事

那些在战争中牺牲了的先行人

曾用步枪的弹光冲破黑暗

冲破使人昏昏欲睡的湿润的芬芳

在黑夜里去袭击

在晓雾中歌唱

旗帜和游击队一起前进

穿过铁与火交织的包围圈。

在这些密林里

有盘节的树根，有石头，

还有战士的骸骨，鲜血

以及众多溪流的发源地。

四

现在，你半山的古庙

已经成了耕山队的住所，

除了一株桃树在雨雾中开花

任何字迹都泯灭了，

铜钟也已遗失，

你古老的历史已经结束

也不说一声告别

飘逸地飞过像一阵花香。

现在也很少有打猎的盛举

看不到猎人持着枪

奔走在峻峭的崖上狭槽

追赶着黄獐，

看不见负伤的小兽闪电般飞驰

最后倒卧在深草丛中喷血。

只有过路的采伐人。

扛着巨大的沉重的木材

攀登艰难的山路

向我指示你的最高峰，

在那里，云雾如海浪汹涌，

在那里，一株株短松在风中愤激

因坚持生存而向四外伸展，

从一个山峰到另一个山峰

除了短松，什么都不能生长。

为了走到你的巅顶，

要踩过多少雨水冲出来的尖石小径，

要攀援多少碎裂的巨岩，

还要从身旁飘过多少成片的云！

啊，你的顶峰，多么光明和寂静，

几乎不能在这里多作停留，

因为这不习惯的无声

不适于任何生命。

五

从南麓登山，从北麓下山，
迢遥而艰险的道路并非失算，
当满山满谷的苍松直到天边，
当白云从峰峦直上如巨浪喷溅，
当开花的巨树在峭壁上漫延无际，
这北面的奇景更加壮观。
脚步因无穷的下山悬梯而发软，
也由罕见的景色得到补偿：
山脚深处的村庄
隐现在青松翠竹的数十里外，
满树桃花在壑底
照耀红紫在高峰的阴影里，
站在山涧上的石板路
晕眩于奔腾的白色急流，
还有隔着晴岚如梦幻般
看低处朦胧的山口峡谷，
这一切，才显出你戴云山的高大。

黄昏在山间很早就来到。
好像为了惜别，戴云山
你的峰顶已经变色。
那里聚集了大片乌云，

转眼间遮盖了半个天空，

但从那一团黑暗中

却又投射出一线光辉

把下面的峰峦照得雪白。

这黑云是否运载悲伤？

这闪光是否浸湿眼泪？

抚爱与照亮这多难的大地

未知的太阳在哪里？

山外迅速到来暮色，

山里必是已经暗透，

夕阳在流血中英勇死去

只留给记忆中一片红光。

这颗沉默的心呀，

向铁灰色的薄暮急进，

为赶在暴风雨的前头，

向遥远的小镇奔跑。

即将到来的一场滂沱大雨

定会洗出一轮光洁的明月

让清冷的月光

溶进第二天更美丽的早晨吧！

1975 年

（收入《福建集》等）

崇 武 半 岛

不论走北岸还是走南岸人都不自觉向海凝视。
对于广阔天涯的爱
谁能够阻止？
即使终日在那里怅望
向遥远地方失神沉思，
即使看得不太远，想得不太深
也总比陆地多些回味。

一缕缕阳光在空中悬挂，
一只只落帆的船
沉睡在迷惘的光辉里。
退潮以后的沙滩
凝然不动的岩石
除宁静以外别无其他心绪；
可是海波娓娓的细语
告诉我的都是风浪的故事。

在入港的悬崖上
有甚深的罅隙的巨岩
如龙的咽喉，
它曾对风暴怒吼过吗？
在一处狭窄的小海湾中
风和浪把海沙带上高峰
如白鹤飞升，

它已在云端消失了吗？
像放在瓷盘上的水果
错落有序的三个小岛
似梦中见过的浮动仙山
放射永不衰退的迷人的光；
为什么心灵向往的地方
却无生命赖以依存的泉源？

堆叠一样坐落山坡的村镇
那些拥挤的街巷
那些狭小的石屋
却住有周游各国的大力士
远航数万里的水手
风浪中的英雄
谦逊而好客的捕鱼人，
没有一个嫌弃这贫穷的瘠地
也没有一个不具火热的心。

大路上走过成群结队的姑娘

一色戴着黄花般的斗笠，

肚子上亮出雪白的银链，

陨星一样的流盼，

明月一样静娴，

纯粹是地方色彩的装饰固然可笑

心灵却像海水一样鲜明。

海把绿色分给青山一半，

留下堇色的烟和草色的水；

在这烟和水上面

飘着我的心，向那

万古常新的云。

1975 年

（收入《福建集》等）

上南安—永春

前面的水田倒映竹影，
路旁的木棉怒放红花，
前方和近旁
使旅行者的目光应接不暇。

在两种色调中，
间着一道淡灰的墨痕：
荔枝、古屋、拱桥，
清池、榕树、炊烟。

在两重浮动里
夹着一片静止的村庄。
对着这图画
有什么样心绪在荡漾？

短墙筑在溪中，

麦子种到天上。

逝水和流云

都是对艰难创业的歌颂。

1975 年

（收入《福建集》等）

歌　声

那低声道别的时刻，

悲伤的夕阳荡漾在连天的碧草，

荒郊的落霞挥动惜别的头巾，

晚风吹拂的柳枝

可曾留下几滴苦味的泪

和几缕佯装的笑痕？

那回忆往昔的悲歌

是一条铭刻心底的小径

通向少年时代的恋情，

如今在峭厉似前的春宵

又重现对你记忆的清芬

和阴影里你轻轻的脚步声。

1975 年

（收入《福建集》等）

荒凉的海滩

依旧是那样地汹涌澎湃，

和从前的二月并没有什么不同，

空气中充满战栗的水

充满恐怖的喧响，

雪白的花

又在浪上一排排开放、推进、消融。

云块还是低低地在海面飞驰，

偶然掉下的雨滴还是刺人般冰冷，

只是没有微笑，没有飞扬的纱巾

没有你的明眸向我照耀

大地便显得十分阴沉

有一种莫名的悒郁

使天空和大海

都在伤逝中默默失神——

唯有你能温暖大地

唯有你是我心中的光明。

1975 年

（收入《福建集》等）

劝

海边的孩子

你不要站在窗口

好似悬在摇荡的天空

全神贯注地瞧着

那远去的悲愤的海流

而悄悄地啜泣！

你不要临海眺望

那曾经汹涌着的怒潮

如今只剩下了淡淡的哀愁

随着余波向渺茫中逝去

而引起你的哀伤

让年轻的脸上挂着泪！

回头看看，我求你

那风在其中猛烈呼啸的

不屈服的树枝！

海正为时日悲亡——

但是那秘密的黎明

依然要从黑暗的寂静深处升起。

1975 年

（收入《生活的歌》等）

寄——

我仿佛记得
三月在高崖下，
草木映耀着绿光
反射在你额发，
心里曾萌生过什么样的思绪

当我们坐在短墙上剥枇杷。
艺术正在淡化，
我们知道悲伤，
可心里既不赞同，也不接受。

当美再也没人理会，
白日就如同黑夜，
连气候也是同谋者——
没完没了的阴雨天
看到的都是灰暗。

只有心灵为诗燃烧的时候，

你才光艳照人。

如果我能以语言

回答你独一无二的忧虑，请把

别人的悲伤盖过自己的悲伤

痛苦上升为同情的泪。

1975 年

（收入《迎风》等）

晚　风

吹掉天上最后几缕云霞

献给都城一片玻璃的夜空；

吹亮满街辉煌的灯火

以无数钻石在四周闪光；

沿着屋顶和廊下飘流

来到天堂一般的广场

在密集星座的乘凉者间

吹散心中一切忧伤

吹来带着翅膀的挚望；

在松枝和花丛沙沙作响

重现波涛绿色的梦

仿佛夜的唇音

唱起草木深情的歌。

也在涌进的人流中

吹去一切骄横，一切怨怒

像用水洗过似的

感情柔和清新

一切过错都成既往；

它在晚间吹过心上

是我所钟爱的风。

1975 年

（收入《迎风》）

泪

无助的孩子，孤零零在他乡挣扎，

当满腔的热望被阴雨浇熄

当幼稚的心被哀伤笼罩，

当最低的期求再次为失望咬伤，

那包裹一切的乌云

那感伤的风暴，那不可抗拒的悲哀

无声地卷扬遮盖，

白天眼里毫无光彩，

只在黑夜于无人看见时

为了洗净这心头的巨大痛苦

在枕上，向着无边的黑暗。

寂静中不断地滴落，滴落

晶莹的泪啊！

滚烫的泪啊！

如喷泉一样不息涌流的泪啊！

1975 年

（收入《迎风》等）

你 相 信 吗

你相信吗
我从你闪光的发际
看见红花遍地
金星满天
有如千年前狂欢的仲夏夜?

你相信吗
我从你瞬间的眼色
听见浪涛涌升
风帆飞驰
预告明天不寻常的行程?

因为
历史的规律永远是
新生的必成花地
老朽的只剩废墟!

1975 年

答

从遥远的南天

传来海浪的叹息

小船的哀伤。

让我化作一片云

带去几吨雨

越过万重山

叫草还青

树垂荫

满潮漂起岸上船。

请勿见笑

这是写给你看。

千年来的诗都是为这沉思

为这呼喊。

愿你看穿层层迷雾

朝着无穷的碧蓝

回到大海去吧

我英勇的小船!

1975 年

（收入《倾诉》等）

伤　感

要不是一月到来

我已忘记第一次吻过谁的嘴唇；

要不是寒冷的冬夜又再忆起

我已忘记最初枕过谁的手臂直到天明。

啊，那已经非常遥远的少年时日

再不会在清冷街灯下向我走来！

可怜那孤单的长眠他乡的死者

她是我第一首诗，可未曾写出便消殒。

1975 年

（收入《倾诉》等）

尽 量 发 光

运行在宇宙的太阳
毫不吝惜自己的光
把温热向全体行星输送
让生命繁荣，万物欢畅。

我们有什么能够发光
除了爱情和思想？
但有人却把它们严密封锁
唯恐它丧失，担心它荒唐！

让我们对一切豪爽大方吧
让我们把最宝贵的尽量发扬
就学太空那个金面人吧
不贮存爱情，不包藏思想

让周围都成为发光体
组成生活一片美丽苍穹。

　　　　　　　　　　　1975 年

　　　　　　（收入《蔡其矫诗选》等）

夕阳和落叶

在这个美妙的地球上
没有一刻无新的晨光
也没有一刻不见夕阳。
让我们满腔热情招呼曙色
也不要对落日过于悲伤——
那曾为朝阳之垂死的余光。

我们都将如夕阳逝去
也要有大自然英勇的壮举——
就像树叶掉落之前
先将所有高贵的营养
退还给树身
然后凋落，变成有机土壤
帮助后来者生长
这便是树叶的忠心。

1975 年

（收入《蔡其矫诗选》等）

生　命

含着泪痕

飞般向火车猛冲

你去了，

像很快就熄灭的火星

在春天繁盛的田野

在高亢汽笛声中

生命飞向无底的深渊

心弦不再发出美妙的节奏

让死亡做你的解放者。

这死亡

像弦乐中断

霎时沉入完全的无声

黑暗无可再暗

终于来到了永恒的宁静，

一切都归于乌有

既无痛苦，也无欢欣，
你预期的目的似乎达到
疲于斗争的心得以休息
不再为苦恼燃烧，
艰难的行程也告结束
躲到我们看不见的地方
去做轻松的无尘的梦！

可是，你那鲜红的血滴
却刺穿生你育你父母的心，
同伴的心，战士的心，
塞住咽喉的哭泣，无遮的风雨
惨白的脸，悲伤的云
战栗的手啊
这一切你都不再感到
为什么你这样决绝？
可怜我们这些后死者
还要长久背上你这不幸的负担
直到进入坟墓
让无言的黑夜使我们忘却！

当你活着的时候
是多么文静温柔的人
腼腆而善良
一向坦然微笑

全不觉有什么阴影

会留在灵魂深处。

流言，中伤，失望

都不能揭示你致死的原因，

你也不是死于苦闷。

难道是由于软弱？

然而你的死又多么刚烈无情

你是为解脱而死吗？

不愿等待，不愿受辱，

是为自由而死吗？

你的魂魄不在大地

你的心上没有别人。

也许你是抛弃生命抗议

可是，对谁呀？

也许当你冲向火车

已经没有理智，

由于好胜？

由于报复？

是惩治别人

还是惩治自己

你再也不能开口

向我们简单地说明！

你死得多糊涂

又多么不合时宜

你只有十八岁呀！

在春的怀抱中逝去

你默不作声
只留下一团迷雾
连最能自持的人
也不免变得失措
命运之类的迷信
暗地偷袭
难道生与死我们不能自主吗？

我的心在痛苦中沉落
如在寒风的黑夜里。
我的心像冷雨中一朵花
在飘零中战栗。
我没有权利沉默
我要说话。

从前我以为
自杀者都是勇敢的人
他不惜抛掷最宝贵的生命
作一次最强烈的抗争
胆怯的人办不到。
拿死争口气
弱者变成强者。
为报仇而舍身

这行为多光辉！
让魔爪下少一个受辱者
这气魄也不小。

但今天，我认识一个真理
为了共同获得光明
生命不属于自己。
生命属于亲人，属于战友
属于养育的人民
属于这时代和国土
生命属于大家。
要为这生命的给予者报效，
要对一切人忠诚
要充分使用生命为别人
没有权利自行处理！
不要拿死亡向人索取，
也不要拿死亡向人炫耀，
不能草率对待生命。

倘若生命是春天
去了还会再来。

倘若生命是火焰
熄了还可重燃。

倘若生命是彩船

沉没还能捞起。

但生命是流水

一去不复返！

生命只有一次。

人既不能生两回

也不能死两次，

生命不能糟蹋，

死并非难事，

谁能活着没有痛苦？

生活从来没有轻便的路。

谁能不背一大堆悲伤？

谁能随意停止而不迎难向前？

欢乐还暂时很少很少

而困难却多得不可胜数

但我们能退却吗？

能逃避吗？

苦难不会使人变丑，

苦难使人显出力量和美德，

不幸能增加勇气，

生活的深处最光辉，

难险的道路景色最美，

永远不向苦难屈服

生命就会以不可阻挠的意志

穿越失望奔向前去

在风雨泥泞的路上

响着沉重而坚定的步伐。

在我们当中，坚强的心灵并不多，

但只要活着，就是对黑暗的胜利。

美丽一定会战胜丑恶，

真诚一定会战胜虚伪，

但要能够等待呀！

沉默垂死，光明方升，

让我们把忧伤高高举起

如照亮夜路的火炬，

让我们把死者抛弃的生命拾取回来

放在记忆明亮的地方

永远鼓舞生的意志

宣扬生的欢欣

让后来者杜绝黑暗

面向光明。

1975 年

（收入《蔡其矫诗歌回廊·雾中汉水》）

临安途中

扫雨器尚未开动

玻璃上的小雨点多么像玑珠，

透过这晶莹的屏幕

浙江的乡野格外美丽，

金黄的麦地

被新绿的秧田包围，

竹林上的云雾

一直蔓延到村子里，

重叠的山峦

崎岖的道路

都使我思念故乡，

邻座上海姑娘温柔的依靠

更使我深深地怀念你。

1975 年

（首发于《香港文学》2014 年 11 月号，后收入《蔡其矫集》）

屯　溪

新安江的上游

宽阔奔腾的水面

一座朴素无华的水泥大桥

引向古老的乡镇

和许多新迁来的工厂

这就是三省茶叶的集散地

从前徽州文化的中心吗？

旧的街道

新的大楼

不相协调地并存，

我站在高层的望台上

通过斜落的雨点

从街上的孩子

寻找你的面影。

1975 年

（首发于《香港文学》2014 年 11 月号，后收入《蔡其
矫集》）

人字瀑下的小竹楼

黄山雨后的云雾时浓时淡

半天空的分叉瀑布也时隐时现

为什么它要作这样的字形

是自然对人类的歌颂吗？

我俯首下望那成群的小竹楼

那是专为新婚夫妻建筑的小屋

一座楼只一间房一支床

却储存无限的春光

在这美丽的地方有这样美丽的住所

怎不叫大自然衷心祝颂？

但愿你将来能到这里

至少度幸福的一个晚上。

1975 年

（首发于《香港文学》2014 年 11 月号，后收入《蔡其
矫集》）

音 乐 鸟

浓雾中经过莺谷
听到断续的鸟鸣
我一直在等待
你最美的声音。
人们说，你是黄山的歌后
一声能发八音，
可是如今藏到哪里去了
是不是这雾雨太冷？
年轻的诗人呀，你也这样
还未逢到适宜的气温
所以叫我久等。

1975 年

（首发于《香港文学》2014 年 11 月号，后收入《蔡其
矫集》）

迎 客 松

在黄山的中心

在玉屏楼前

雄伟高大的古松笑容可掬

伸山一枝低垂的长丫

欢迎所有的客人

千年来作为此地的象征

受到人们的喜爱；

我也和它一样

唱着千年的歌

伸出了张开的双臂

迎接你到心里来。

1975 年

（首发于《香港文学》2014 年 11 月号，后收入《蔡其矫集》）

西　海　晚　霞

起先是珍珠般几粒白云

飘浮在青紫的空间，

随后反照把岩石染红

山谷沉浸一片黑暗，

终于半空只存浓重的蓝紫

久久地留住不散。

这使我想起在那阳台上

你受黑暗的包围

只留脸上的柔光

以深藏的热焰

向我闪烁。

1975 年

（首发于《香港文学》2014 年 11 月号，后收入《蔡其
矫集》）

黄山杜鹃花

有时突现在崖边

有时深藏在密林

你的光明照亮云雾高山

你的华美抚爱我的眼睛。

啊，俊美的花树

只能生存在海拔千尺以上

不肯移向平地的瓦盆，

正如可爱的诗人

那高傲的姿态

永远使我不敢接近。

1975 年

（首发于《香港文学》2014 年 11 月号，后收入《蔡其
矫集》）

天　女　花

一到北海

我立刻寻找你的踪迹

好久渺无音讯。

人们说，你是世界上珍奇的花

只生长在黄山密林中

叫我怎不将你搜寻？

终于遇见一队园林工人

竞相回答我的询问：

就在去西海的路上

砍倒几株老松

（为的给你更多阳光）

附近一棵小树

以绿漆为记

那就是你。

我立即前往——

现在不是你开花的季节

只见你的绿叶

在夕阳中向我闪烁。

年轻的诗人呀

这使我想起你

你不是也只给绿叶

而从未对我开花吗？

1975 年

（首发于《香港文学》2014 年 11 月号，后收入《蔡其矫集》）

天 都 峰 上

经过连续半小时的攀登天梯

狭窄得相遇要侧身而过，

笔直的地方要力挽铁索，

惊险的地方不敢下看，

最后踏入天上都会

却是四大皆空，

因为雨后的浓雾

遮断一切景色。

唯独背后的莲花峰

风送着烟云急驰

有时也露出一些岩树

只有几秒钟

即被浓雾淹没。

又是几秒钟，再来几秒钟，

每次短暂的出现都非常美丽，

引得我新认识的四个女伴

再也不说那惯常的字：走吧！

只是静默地观望

也记不得坐了多少时辰。

要是你这时也在我身边

一定能够从我心里

掏出惊心的话。

1975 年

（首发于《香港文学》2014 年 11 月号，后收入《蔡其矫集》）

我终于住上了竹楼

全国环境保护会议在黄山召开
宾馆住客都要让出来，
登记处分配我到小竹楼，
一个人占了一间新婚之所，
就在一棵香枫下
卧看门前
石上闪射水光的高山
耳闻潺潺流水
唱着欢笑的歌。
多好的地方，
多么静，多么凉，
可是我又多么寂寞！
不停的鸟声更使我心驰远方，
绿色的阳光有如在岛上，
空中的白云也如在海上。
我忆念，我怀想

最好的地方却不能休息
才寄一封信又再写一封
只是要告诉
无所不在而又远隔云天的你：
我并不快乐。

1975 年

（首发于《香港文学》2014 年 11 月号，后收入《蔡其
矫集》）

淳　安

谁还会记得这个名字

要不是海瑞在这里当过县官

他以令人难忘的政绩

使这小县在历史上留下痕迹。

如今新安江的水库

已经把它全部淹没

我路过时只见一片白水

再也找不出任何标记。

我和你也将如这县城一样

将来总有一天会消失；

唯有我们的劳作

能给后辈留下一点记忆。

1975 年

（首发于《香港文学》2014 年 11 月号，后收入《蔡其
矫集》）

新安江上

两岸高山，夹江翡翠绿

只有鱼跳翻起一点白浪.

桑竹沿村种，梯田上了天

人走横排路，鸡犬住船上。

在浙江安徽交界的地方

上来一群女孩子

我让她们坐在身边，一个年轻的

深情地抚摸我的手。

当她们离去时

四周宽了，出现港汊岛屿

这是接近水库的征候。

我同样以抚摸手背回赠她

就像我以旅行的诗

回答你的《阳台上》

1975 年

（首发于《香港文学》2014 年 11 月号，后收入《蔡其矫集》）

高 山 的 海

也有灯塔，也有航标
也有油光水面映出白云蓝天
远山好像海岸
水痕好像沙滩。
一切都引我记起亲爱的南洋
只是没有快乐，没有自由
没有你的笑容在我身旁
所有的景物都迷失了方向。
许多机船穿梭来往
驾驶台坐上了女轮机手；
牵网渔船停在水中
几乎看不到有什么收获。

1975 年

（首发于《香港文学》2014 年 11 月号，后收入《蔡其
矫集》）

⊙ **1976 年**

人民泪洒大地

一

在一月的寒霜冷雾中，
那发光的星星中最美丽的
长庚星在天边陨落！
那曾庇护无数活泼的生命
有着广阔浓重的绿荫
擎天的大树被无情的风雪摧折！
那为祖国呕心沥血
为人民鞠躬尽瘁
亿万群众敬爱的人
与世长辞了！
啊，冰冷彻骨的严冬
黯淡的四周迷雾茫茫！

二

全国人民听到讣闻
眼泪禁不住夺眶而出；
带着泪痕去上班
一天要揩泪无数回；
和亲爱的人见面谈起他
也目暗心碎；
在冬日铅灰色的天空下
有如飘落的雪，悲伤的人民
泪洒大地！

三

他没有留下成卷的著作，却以行动
写下光辉的历史。
在风声鹤唳的寒天
在骄阳炙人的暑季
有如久经战阵的旗
虽然弹痕累累
边沿被强风撕成缕缕细丝
仍不顾一切明枪暗箭
勇敢冲击在最危险的岗位
多次九死一生幸免于难

钢铁般沉着
曙光般壮丽。

在革命中留下深刻的印痕
始终为争取政权的威信和永存
执行权力而从不为权力的化身。
他不偏爱，不拒绝，
谁反对他，并不使他苦恼，
辅助领袖日理万机
为祖国的富强操劳不息
对一切关怀备至
而又极端的谨慎谦虚
崇高的行为得到全民敬仰，
给干部树立了楷模
他显示了
实行民主虽有无数麻烦
却胜过独断的高度简单，
而自由所包含的一切危险
也胜过专制的非常智慧！

四

在祖国的心脏，
百万人拥护在大街，
组成最厚最广的人墙，

等候运载遗体的车队，

没有仪式，没有哀乐，

自行集结的人群黑沉沉的海洋

整天听任霜打风吹。

啊，无言的悲哀！

痛苦的告别！

臂缠黑纱，手持白花，

大滴眼泪从脸上滚落，

站立的路面都被淋湿。

人民倾泻无穷悲伤

是来自历史长河的深处！

五

当斗争充满危机

只见阵阵恶浪在冲击轮舵

这时出现他坚强的手

使革命又稳上航程

屡次改变了千钧一发的局势

是由于他目光锐敏

并坚信人民永远不可战胜。

因此他是巍巍泰山，浩浩长江

横断篡权窃位者的通路；

他慧眼中有全民的视线

使魔鬼胆战心惊。

因此他生根在磐石般稳固的现实中
具有最活泼最凌厉的锋芒
挺身抗击压迫和横霸
那气概
比天伟岸
比海雄壮。

六

设置灵堂的劳动人民文化宫
在碧绿的冬青丛中
一面党旗覆盖着
伟大的人长眠了!
四十年前长征路上的战友
由别人搀扶着
来向他俯首。
步履呀! 不要颠簸,
咽喉呀! 不要哀号,
亲爱的他
再不能伸出那受伤的手!

一连几个悲怆的白天和黑夜
亿万人来到广场纪念碑

呈献普通人民的哀思。

已经是午夜了

灯光暗淡，寒雾凄凄

多少人哭不成声

悲痛欲绝……

七

囊括万方的光明

滚动革命的雷声

他的心，为理想照亮

为暖风吹拂

把纯洁注入战斗

给整体带来光荣

那高大的身影

如人民英雄纪念碑

矗立在天安门广场

驱散每一个黑夜

引来每一个黎明

那春风梳理的头发

那曙光照耀的微笑

宝石般光芒四射的眼神

水晶般洁莹透亮的胸怀

普天之下谁不爱戴？

八

人民的选择决不盲目
也决不为欺骗和威吓所钳制！
一星期的志哀临到最后一天
人民大会堂四周戒备森严
花圈和人的浪潮滚滚而来
警卫无法阻止
广场顿成白色海洋！
纪念碑的石阶血泪斑斑。

九

他永远是沉着迈步向前的人
在目光和言谈中
有推诚相见的动人精神
用伟大的喉舌说服世界
而又情长谊深；
他的形象长垂千古
他的心胆永照丹青！
他身后留下一篇人民的宣言
发出庄严的号召。

十

让我们遵照他的遗言，把骨灰

撒在祖国的江河和大地

撒在松树和榕树的大地

撒在烟囱和稻米的大地

让风把它吹飏

让草原遍布牛羊

让城郊遍布工厂

贫瘠的土地肥沃

青苍的森林绵延

让一切泥土和岩石，旷野和高原

都凝聚他生命的光辉

都闪烁他盈盈的笑意。

也撒在暴风雨过后的滚滚洪流

撒在远航轮船正在升火的海口

撒在木筏急泻的山溪

让流水把它扩散

让渔网永远有丰收

让船只在河上有如花瓣

水闸如同梯级

湖泊如同繁星

让江河和大海的一切伟大工程

都是他带来的种子

都体现他的精神。

让河川和大地的人民

也都像他那样坚决勇敢而又和蔼可亲

让互相冷落的成为朋友

让傲慢变为谦逊

让大家都来保卫人的尊严

消灭恐惧和轻信。

十一

在深山蛮荒中

一个远行者遥望北方

为巨大的痛苦

在乱莽中彷徨

树枝，草梗，峰峦，路径，

都带着哀伤，都成模糊一片，

一根沉寂已久的琴弦

突然在内心深处震颤。

十二

看哪！

河川的微波，海潮的漫流

都显示出有些事物在庄严诞生

带有一月的信念

抚育伟大的思想

那火一般的遗嘱

烧毁旧世界的神祇

无用的肉体如同尘芥

如今净化为泥土和流水

不受坟墓的限制

扩展到无穷的空间

一切芬芳和色彩

一切花朵和果实

深藏在根须下

沉睡在冰冷里

都有新的呼吸

都有新的原子。

十三

他让骨灰撒遍祖国大地

好像是回答亿万人的泪滴!

他原是属于大地的人

现在又回归大地,

任什么都不能与大地的广阔相比拟

平静,完美,大度,无私,

从不争夺,只是给予

这就是他和大地共同的真理。

他是通过死亡

获得更崇高的生命

活在事业中

永远同我们一起。

1976 年 1 月 20 日

（首发于《诗刊》1979 年 2 月号，发表时题为《泪洒大地》）

无题·你悲郁的双眉

一

你悲郁的双眉
有如经过梳理
在江上巨风中展开
让欢笑的目光从掩蔽处
向纷乱的山间
投出阵阵炫目的波澜。

是不是你的心
已经被一个人
从沉睡中惊醒？

是不是你的愿望
如今像一叶扁舟

在波涛怒号中起舞？

你的头发
散作风雨般纷飞，
那是你的思绪
摇落忧伤的灰尘
像张翅的鹰
从风暴中奋起？

1976 年 3 月 5 日

二

对于你，含苞未放的花
我只是一道微弱的光。

我只能给你一点暗示
催促你迎着春风开放。

我只能给你更深颜色
照耀你走向生命的朝阳。

从你那里
我也得到回赠的礼物
那是一滴青春的泪

注入我心的深处

使我在严峻的岁月中

不再感到孤寂。

1976 年 3 月 6 日

三

对不可能事物的强求

使我成为你凝神时的雨云

出现在你眼眸。

手的接触

是心的低诉，

你送我叹息

有如秋天的歌。

我走遍天涯

寻找心的安宁，

年深月久，

未曾穷尽。

只有海潮的痕迹，

只有梦中的星辰，

飘浮而来，

闪烁而逝，

是爱情选择我

我不能选择爱情。

1976 年 3 月 7 日

四

此刻我感到你的目光
落在我心上
使我的忧思平静
如黄昏的树林。

你跟谁都不一样
所以你沉默
所以你漫不经心
从未接受我的献礼。

但最初那个没有月亮的晚上
坦诚的相见至今难忘
留波浪的痕迹在我心中。

现在离别是为将来重逢，
遥远的思念使我感伤，
你呀，一半是雾一半是梦！

1976 年 3 月 8 日

谁　知　道

幻想在海天之间遨游
也许在远方找到珍珠
谁知道它?

抚慰一切的带香晚风
为什么使心感到彷徨
谁知道它?

当万有肃穆而寂静
当暮色也带忧愁苦闷
有一线细丝微震

幻想能否在远方相会
心能否受远方感应
谁知道它?

1976 年 3 月 17 日

紫　帽　山

到处是纷纷细雨

和层层灰雾，

看到的只有

盘亘而上的石路

繁花未发的山坡，

你现在哪里，我熟悉的

家乡的山啊！

一个游伴抚摸路旁幼松

发觉所有的枝上

都有雨珠在毛尖闪亮的虫

不禁缩手发出惊呼

那声音几乎是战栗的。

找不到好枝栖息

像一粒火仓皇飞过

那是相思鸟吗？

虫蚀的幼林

零落的树枝

如污染的死树

如烧焦的残株

在烟雾笼罩中

展现无人诉说的悲伤。

一阵阵隐痛在我心中

因为山坡过于荒凉

石块和毛虫

平分这寂寞的世界！

近旁的山陵

像夜间的墙一样沉寂，

雨水从岩顶滴落

无声地被草叶承受，

山泉在石潭潺响

也压不过细雨扬起的忧思，

雾外的光明下临溪涧

照亮的也只有不动的水苔，

春天过早衰老

荒漠之上还覆盖着迷雾。

家乡的山，我替你不平！

诚恳的面容

温情的笑声

都不肯对你眷顾，

游伴这样对你缺乏热情

使我感到分外凄凉！

当雨慢慢停下

他们从岩下走出

谁都不作一声

只用眼睛看山下

不再有登临的想望。

虽然这时天空渐亮

山已展出层层美景

但静默仍在加深

终于一步步走向归程。

想起兴头怎样突然降落

却不知失望怎样发生；

他们不是山的对手

不爱在险恶的时间攀登。

当我打开心房审视

究竟萌生什么样的思绪？

难耐的等待

已经不知多少世纪

荒芜和冷漠

依然在继续统治

谁来消灭灾害？

谁来照管这座山？

那些占据权益高位的

为愤激的争执丢魂丧魄

当狐狸吞掉最后一颗葡萄

豺狼杀戮最后一只羊羔

当眼睛变成冷冰的石子

心为泥土塞满

争夺才会停止。

人世是多么狭窄

几乎容不得转身

谁还能替大自然说话？

石头里挤不出一点营养

生命也如这座荒山

只好让满怀仁慈的希望

主持这不快不慢的生活！

但有些人是压服不了的，

谁能叫风永远不吹？

家乡的山啊，我多么想

做你的杀虫剂。

那些害虫

最多只有一片叶子的重量

绝不会是压在心头的墓碑！

不听那些恫吓和命令

撕下岁月无情无理的面具，

拒绝与他们同归于尽

疲于斗争但绝不丧失信心。

当我回到你的山下

看到有迟开的桃花

剩余的棠梨

还有可怜的地丁和蒲公英

在瘠土上展露笑容，

飞落的百劳

摇震番石榴的红叶，

平静的水库有野鸭浮沉……

我相信：果园会上升到山间

杜鹃花会再度满山红遍，

溪涧会再次奔腾，

山冈会重新苏醒，

到处出现迷人的丛林，

你的香味熏人欲醉，

你的色彩光艳照人。

你既忍受重负

也应得到鼓舞

请接受我这卑微的祝愿吧

静默的山啊！

1976 年 3 月

（首发于《新光》1980 年第 1 期，后收入《福建集》等）

无题·在暮色苍茫中

在暮色苍茫中
一只白鹭突然出现在高空
它的羽毛被晚霞染成金色
有如一粒流星飞向南方。

它在沉静的万有心中
唤醒一种飞翔的激情
群山也不胜于暗云的压迫
以摇动的树发出挣扎的歌声。

1976 年 4 月

丙辰清明

一

好像闪电

冲进城市的心脏

冲进被监视的春天

破坏黑沉沉的暗哑

让冻僵的语言苏醒

那血泪奔流

连同绝望的心痛哭

升起壮烈歌声

爆发了酝酿已久的斗争。

不安的阵风

吹向生命蛰伏的一切地方

融化封锁大地的冰雪

解放对种子的束缚

叫诗歌不再沉睡

冲毁重重压抑

报告时代更生！

二

圣者的血

流在天堂

有如燃烧的花

瞬间即变为种子。

他们在激怒的时候

把长久以来被容忍的

欺骗的图画撕得粉碎；

灵魂的珠宝

难以挽回地抛弃

希望被蹂躏到底

心灵在深渊旁边所感到的

猛醒的晕眩

连同痛苦刺进心窝

蔑视从眼睛跳出

变成一颗未洒的泪！

三

十分鲜艳的未来之花

在它出生的

被狂风暴雨所席卷的山谷里

无法盛开！

我不愿意相信邪恶势力的舆论

会传达任何真理

让我们自己当心

不被谎言的网套住

驯服地接受它；

面前伸展着

荆棘密布的路

让我们永远遵循着

那普遍受苦的人民的意志

在浸透鲜血的崎岖道上前进。

四

当内心的波浪袭击海岸

而又退潮时

骚乱的心灵因痛楚颤抖

耳中却轰响着涛声。

权力至高无上

是我们时代的最大祸害

使身心都会焚毁的

篡夺窃取的欲望

仿佛可怕的旱风

很快使大地的作物全部枯干；

在道貌岸然之下

藏着最腐朽的因素

到底替自己在生前搞到看得见的标记了！

五

剥夺人民发言的权利

让政客把持报纸

使任何吹牛家都会发迹

灵魂枯索的他们通权达变

不断把腐臭装在红瓶里

这是兽性的渣滓

生命之河中的淤泥

人共唾弃的垃圾！

他们却毫无惭色地萧萧驴鸣

迈出扭曲痉挛的昂首阔步

为高傲而癫狂

因虚弱而偏激

在夸夸其谈中痴人说梦

嘲弄亿万生灵

向毁灭的深渊一直走去

却以为已经掌握宇宙！

六

啊，祖国！

我忧心如焚

到处在寻找你的踪影：

那些鸽子哪儿去了？

那棵大树

为什么倒身在泥泞？

眼前只有小路

又被迷雾封锁

叫我怎把方向辨认？

到如今才听见潮声

让战士再次认出你的容貌

展现在一片新生的热情；

春风再次飞荡在你的崇山峻岭。

果实成熟落地

种子在它酸苦的体内

人的权利觉醒

不再忍受任意的欺凌

在这千钧一发的时辰！

1976 年 4 月至 6 月

（首发于《长春》文学月刊 1979 年 4 月号，后收入《祈求》等）

端 午

纵然什么都曾遇过
倦意早已挂上眼帘
我仍倾心这风雨中的集会。

不息的巨风扑人欲倒
倾盆的暴雨震动房屋
可室内的音乐压过风雨
四壁流动欢声。

温情充溢眼外
希望注满内心
那轻盈的节奏
是从热血中升起
渗透胸怀，漫洒天际。

啊，音乐！

你解除日常忧患的束缚

像露水轻轻落下

洗掉生活痛苦的微尘

让回忆有如清风

吹动心灵的窗口。

在漫长的岁月中，是有一堵墙

把人们隔开；

这堵墙

不准反驳

不准期待！

无穷的困苦不叫生活

假面具下并无真情。

今天，这沙沙的脚响

萦绕激荡的乐声

使一切都在跳动

急雨，暴风，细语，高歌。

用迷恋的目光

看花草的欢呼

不如以心跳

回答欢乐的召唤。

在这小小集会中

谁的心跳得更激昂？

啊，歌人！
你愁苦的皱纹展开了
眼里闪耀庄严的光辉
嘴唇像树叶颤抖
唱起心中郁结的歌，
厅上浮起生活的浪花
人们都在翻动心的书页。

冷漠是一半的死亡
热望是一半的生命
凭着震天的风雨
我们宣告要自由
任何禁令都不能制止，
听吧，它于大风大雨中
正在我们心中引吭高歌。

啊，女友
今天你真美丽！
你有如植根于大地的花茎
迎着烟云晃动
在风中雨中向生活
迷人的花冠缓缓开放。
当你可爱的小嘴微张
闪着星眼曼声歌唱
我幻想你那如梦的歌声中

展开一片灿烂的星空。

谁呀，在今天
没有一粒疯狂的种子？
谁不为自己
留下最美好日子的回忆？
咱们还是来计算
曾走过多少拍子
不是沉重如铅，而是滑翔如飞！

1976 年 6 月

（首发于《四五论坛》1976 年第 11 期，后收入《双虹》等）

八 一 湖

早晨的静水，漾起蛋青色的微波；
浴在日光中的，是幼林和小丘。

我既不歌唱，也无忧愁，
只是在水边和草地上放目四处。

我甘心在朦胧中松散自己，
无抵抗地把感情交付清秋。

因为我再不怕已有的艰苦，
也不再计较前路的崎岖。

1976 年 9 月

（收入《双虹》等）

林中秋兰

当秋风萧瑟，才过重阳，
松林向晚，白日将终，
山深绝人响，
时闻风露香。
香来知兰近，
寻觅蒿蓬中，
断崖常阻隔，
相思不相逢。
执握未得，
绕树彷徨！

想它叶含烟，花摇风，
吐秀乔林之下，
盘根众草之旁，
有如翠羽飞扬，
有如红霞染空。

香飘百步内，

花飞咫尺中，

不被采摘，不受砍伐，

与浮云同卷林莽，

与明月共照山峰。

只分雨露，

难得朝阳。

愿它在白露与露风之间奋发，

虚心于众草之中而犹不同，

不因无人而减颜色，

不以地寒而灭芬芳。

深林挺秀，穷谷深藏，

根须抱石，花叶凌霜，

历尽劲风冷月，

枯萎于冰来雪往；

不理不睬，

于兰何伤！

1976 年 10 月

山城墟市

每当国家的商店空洞无物
农民应生活的需要
带来蔬菜、辣椒、蛋品、野味和河鱼
甚至是茅帚和竹椅，
形成星期日热闹的集市；
午后，他们就高高兴兴
买回可怜的一点海盐和酱油回去。

但是，每年也总有几回
市场上出现臂带红箍的
被招募来的青年男女
从含泪的农妇手中
抢夺一挑青菜或几条麻袋
残忍地把人推倒在马路上
并且引来一些毫无同情心的市民
伺机购买低价的菜或鱼

管他什么眼泪和哭泣！

有时，近郊的或来自山区的强悍者
敢于同干涉者争执，
于是出现了那不久前从知识青年中
吸收来的领挂红章的漂亮警察，
凶猛地推走他到派出所
结束了一场无希望的抗争；
而那些市场管理员的食桌上，
也就经常地、安安稳稳地
出现分赃得来的稀罕物品。

这样地——惨剧一再上演，
这样地——人心一再坠落，
这样地腐蚀年轻一代，
究竟要继续到什么时辰？

                              1976 年 11 月 25 日

无题·二十年前

二十年前
仿佛有过
一个百花齐放的开端，
但随后三翻四复
都形成了
排斥一切的样板！
二十年
这个惊心怵目的巨变
得到的只是
一片空虚，满目荒凉。

二十年，并不是短暂的瞬间，
历史上有过煊赫一时的文化
并不比它漫长；
二十年，可以兴起一个民族，一个国家，
也可以让最强大的王朝覆亡。

二十年，在荒野和废墟上
建立起多少崭新的城市、工矿和乡村，
二十年，小丑风流一时
人民蒙受大难！

这已经是悠久的行程：
错误的假设
付出多么沉痛的代价
以为一切轻而易举
以为语言法力无边
毁坏多少精华
留下多少破烂！
能够活到现在的人
谁没有失败的印痕
谁没有身陷重围的纪念？

谁的脑子
不像满是蜜蜂的蜂箱
愤怒与不平在轰响？
谁的眼里
不贮藏深渊般的忧虑
在无声地膨胀？
现在人民需要的
不是词句
而是自由——

它不会轻易来到，

也不会重复二十年的老路，

人民在寻找更可靠的目标

再不会那么轻信

那么盲从了！

1976 年 12 月 4 日

附：

二 十 年

二十年前仿佛有过

一个百花齐放的开端

但随后三翻四复，却形成了

排斥一切的样板！

二十年，并不是短暂的瞬间

历史上有过煊赫一时的文化

并不比它漫长！

二十年，可以兴起一个国家

也可以让最强大的王朝覆亡！

二十年，在荒野和废墟上

出现多少劳动的成果！

二十年，小丑风流一时

人民蒙受大难！

这已经是悠久的行程：

错误的假设

付出多么沉重的代价

以为一切轻而易举

以为语言法力无边

毁坏多少精华

留下多少破烂！

能够活到现在的人

谁没有失败的印痕

谁没有身陷重围的纪念？

谁的脑子

不像满是蜜蜂的蜂箱

愤怒与不平在轰响？

谁的眼里

不贮藏深渊般的忧虑

在无声地膨胀？

1976 年

（首发于《四五论坛》1976 年第 11 期，后收入《祈求》等）

诗

海潮，永恒的呼号。
星辰，永恒的沉默。
呐喊和无声
都不由人选择。

不为真实写诗很容易。
谎言只为掩饰空虚。
光荣的花瓣
并不就是真理。

探索人心已成为诗的生命
也许曾经找到可又失落。
青烟和灰烬，
都是火的兄弟。

1976 年

（首发于《四五论坛》1976 年第 11 期，后收入《祈求》等）

十　月

很久以来，

人民心中笼罩着黑暗，

整个祖国

都在遭难。

死亡的旋风

像洪水一样泛滥的灾祸

夺去了多少宝贵的生命

至亲骨肉

到处被抛散！

那些赌徒，那些刽子手

高踞在血迹斑斑的宝座上

发出怎么样的号叫呀

天天塞满耳朵

而正义却噤若寒蝉！

当时有几人

能明白漂亮的词句

将变成杀人的武器

消灭最优秀的人物

养肥最卑鄙的毒虫！

悲哀就在这里！

这怎能叫人相信

经过长期考验

在沉重的战斗岁月

产生出来的英雄

竟能容许几个极端下流的小丑

运用最欺人的工具

随便杀伐？

分清革命和反革命

需用几乎整一代的时光

岂非绝顶荒唐？

我的人民

为了什么原因

辛劳创造的财富

要让这些贼子随便窃取

随便挥霍

而使我们自己忍饥挨饿？

仿佛巨厦动摇

大地被煮滚

生活在这些年月的人

没有一个不曾记得

这荒谬的生活和灾难的土地

是怎样在人心中

刻下一道可怕的伤痕

而感到悲愤难忍！

十月终于来到。

祖国一道新的光芒

撕破无边的黑暗和欺骗

让那些奸人

现形在光天化日之下。

匪徒到了末日。

胜利催起明星。

大地再一次觉醒。

但是，从黑暗中首先出现的不是曙色

而是可怕的殷红一道道，

是苦痛的心，是凝固的血，

是无数惨烈的伤口

在向我们呼号。

让我们从过去吸取教训。

让我们重新建设生活。

但最初的任务

难道不是惩罚？

难道一切苦难

一切灾祸

一切冤仇

都可以不再深究？

难道任何罪恶都可以宽恕？

任何欺骗都可以不算数？

心的伤口还在流血……

1976 年

（首发于《四五论坛》1976 年第 11 期，后收入《祈求》等）

桃　源　洞

此刻我回想那凉风，在高处的洞口
以无限深情吹拂你的短发，
后面是深谷初秋的繁绿
在衬托你的微笑。
浓厚的云，无穷的山陵
这时都染上一层非人间的色彩
仿佛回到太初空旷时代
有神秘的光在你眼中照耀。
只是我们并不孤零
也无须追求离世的幻想，
让我们重返人间
去迎接秋天的圆月
和未曾有过的良宵。

1976 年

（收入《双虹》等）

迎　风

风在灯塔的上下怒号，
天空挤满匆忙逃跑的云，
浪涛翻滚得满海皆白，
但雨始终不来临。

所有的飞鸟全不见，
暴怒的风谁敢抗衡？
唯独你不躲闪，迎风站立
发光的脸上仿佛有歌声。

尽管风在撕毁小草，
把阴暗扩散到天空海岛，
你仍然与流动的光嬉戏，
有如顽强的花在黑暗里。

1976 年

（首发于《四五论坛》1976 年第 11 期，后收入《生活的歌》等）

东　郊

那一天，春桃盛开
在郊外傍着红砖屋，
向晴空和暖日
照耀如淡红的雾，
有明眸灿笑
你手扶桃树。

那一天，石头的廊下
再无荒凉与寂寞，
响着急促的声调
你将过去诉说。

那一天，半山的岩上
斜阳映照你的轮廓，
多么俏丽那暗影！
多么光辉那远处！

1976 年

（收入《迎风》等）

断　章　一

你悲郁的双眉

有如经过梳理

在江上巨风中展开

让欢笑目光从掩蔽处

向纷乱的山间

投出阵阵炫目的波澜。

是不是你的心

已经被一个人

从沉睡中惊醒？

是不是你的愿望

如今像一叶扁舟

在波涛怒号中起舞？

你的头发

散作风雨般纷飞

那是你的思绪

摇落忧伤的灰尘

像张翅的鹰

从风暴中奋起！

1976 年

（收入《倾诉》）

断 章 二

对于你，含苞未放的花

我只是一道微弱的光

只能给你一点暗示

催促你迎着春风开放

只能给你更深颜色

照耀你走向生命的朝阳

从你那里

我也得到回赠

那是一滴青春泪

注入我心深处

使我在严峻岁月中

不再感到孤寂

1976 年

（收入《倾诉》）

断　章　三

对不可能事物的强求
使我成为你凝神时的雨云
出现在你眼眸。
手的接触
是心的低诉，
你送我叹息
有如秋天的歌。

我走遍天涯
寻找心的安宁
年深月久未曾穷尽
只有海潮的痕迹
只有梦中的星辰
飘浮而来，闪烁而逝
是爱情选择我
我不能选择爱情！

1976 年

（收入《倾诉》）

怀念山城

有冰冷的河弯过木屋
那热切的脸向我凝注。
有如盖的树笼罩河上
拨我心弦用风的手指。

你是我黄昏空中的晚霞
我向你唱夕阳的诗。
而你的歌却是繁星
闪烁在我灵魂的深处。

我的诗只是萧萧黄叶
以温热的梦嘲笑暴风雨。
你的歌却似花的沉默
用永久的芬芳蔑视权威。

1976 年

（首发于《四五论坛》1976 年第 11 期，后收入《倾诉》等）

爱情和自由

爱情呀！把你的勇气给我
那种敢于抛弃一切
又为一切所抛弃的果敢
那种为你而忍受万苦千难的明断；
追求使我坚强，
为你献出热诚从不疲倦。

自由呀！把你的信心给我
那种对权威不屑一顾的视线
那种从美中产生欢乐的信念；
热望使我专注
即使在失败中仍保有尊严。

渴望云霞的心呀！
把燃烧着的挑衅掷给太阳；
因为没有爱

真理孤独而且冰冷，

没有自由

美也片刻难以生存。

1976 年

（首发于《四五论坛》1976 年第 11 期，后收入《蔡其矫诗选》等）

迷 信

千年以来

所有的庙宇不是被焚毁

便是自行倒塌

哪怕当日是多么庄严富丽

并受万人的朝拜

到头来还是成了废墟

偶像也倒在灰尘里

证明灰尘比偶像伟大

1976 年

（首发于《四五论坛》1976 年第 11 期，后收入《蔡其矫诗选》等）